KB123174

아픔이 내가 된다는 것

아픔이 내가 된다는 것

오지영 지음

piper
press

목차

결론부터 말하자면,
나는 이 병과 친구다

원 인 을 알 수 없 는 열

4년 동안 나의 병명은 불명열fever of unknown origin이었다.

원인을 알 수 없는 고열. 해열제를 먹어도 내려가시 않는 열. 39도에서 40도를 넘나드는, 토끼 눈을 한 채로 누워서 아무것도 하지 못하게 했던 열.

불명열로 처음 병원을 찾았을 때, 나는 열여덟이었다. 병을 대하기에는 너무나도 어린 나이.

지금 생각해보니 병을 대하기 쉬운 나이는 없는 것 같다. 인생을 오래 살았다 해서 내게 오는 불행을 쉽게 받아들일 수는 있는 사람이 몇이나 될까. 오히려 죽음에 가까워질

수록 더 멀리하고 싶은 것이 병일 것이다.

인간의 몸은 참으로 정직하다. 무언가 이상이 있으면 밖으로 표출하려 한다. 너, 지금 무언가 잘못되고 있어, 혹은 잘못됐어, 하면서 크고작은 반응들을 한다. 우리는 운 좋게 알아채기도, 알아채지 못한 채 지나가기도 한다. 제일 쉽게 알아챌 수 있는 반응 중 하나가 바로 '열'이다.

여름방학에 시작된 고열은 좀처럼 나아지지 않았다. 몇 달의 병원 생활을 했고, 백혈병 검사, 뇌 검사, 척수 검사, 골수 검사 등 평생 할 검사를 다 했다.

결국 병명을 찾지는 못했다. 마약성 진통제와 강한 항생제로 겨우 열을 잡고서야 퇴원할 수 있었다. 진짜 병명을 알게 된 것은 4년이 지난 후였다.

그래서, 네가 앓고 있는 병이 뭐였더라?

나는 희귀 난치병 환자다.

병명은 타카야수 동맥염. 자가면역질환 중 하나로, 희귀 난치병에 속한다. 사람들에게 이렇게 말하면 대부분 다음 번에 또 물어본다.

"그래서, 네가 앓고 있는 병이 뭐였더라?"
"면역, 뭐 그런 거였지?"
"난치병이라 그랬나?"

사람은 그렇게 친절하지 않다. 남의 일에, 남의 병의 이름에, 특히나 남이 아픈 것 자체에 오래도록 신경을 쓰지 않는다. 모두가 각자의 삶을 꾸리는 것만으로도 힘든 세상이다.

이해가 안 되는 것이 당연하다. 나 역시 이 병을 처음 접했을 때 그랬으니까. 누군가가 내게 병에 대해 물을 때 "면역이 낮아야 살아가기 좋은 혈관염"이라고 간단하게 대답한다. 이렇게 이야기해도 물론 기억하지 못할 것을 안다. 가끔은 걱정해준답시고 "운동을 해. 면역을 키워"라든지 "잘 먹어야지. 면역에 좋은게 뭐 있더라?"라고 이야기하는 경우도 있다.

자가면역질환은 인체 내부의 면역계가 외부 항원이 아닌 내부의 정상 세포를 공격하여 생기는 질병이다. 언젠가 인터넷 설명 글에서 '팀 킬'이라고 정의한 것을 본 적 있는데, 무척 이해가 잘 되는 설명이라 생각했다.

지금은 루푸스, 베체트, 크론병 등 매체에 자주 등장하는 질환들이 있기에 생소하지 않지만, 내가 진단을 받았던 시기에는 '자가면역질환'이라는 단어 자체가 낯설었다. 내 몸 안의 세포가 또 다른 세포를 공격하는 병이라니. 무슨 이런 병이 다 있는지. 다 같은 세포인데 그냥 사이좋게 지내면 안 되는 것인지.

희귀 질환이기에 검사 한 번으로 병명을 알기는 힘들다. 여러 검사 끝에, 여러 과를 돌아다니다가 결국에는 이것이 당신의 병명입니다, 하고 알게 되는 경우가 대부분이다. 짧게는 몇 주 만에 알게 되기도 하지만 길게는 몇 년이 걸리는 경우도 있다.

나 역시 처음 발병했을 당시에는 감염내과에서 진료를 받았고, 병명이 나온 후에야 류마티스과로 옮기게 되었다. (많은 자가면역질환은 류마티스과에서 진료를 담당한다.) 이 과정에서 많은 환자들이 지친다. 병명을 알아내면 나아질 수 있겠지 하고 기다리다 결국 나온 병명이 난치병인 것이니 무너질 수밖에 없다.

타카야수 동맥염은 대동맥에 원인이 분명하지 않은 염증이 생겨 혈관 벽이 두꺼워지고 혈관의 내부 공간이 좁아져 혈액이 잘 통하지 않게 되는 병이다. 보통 스테로이드제와 메토트렉세이트MTX를 통해 면역을 억제시키는 약물 치료를 하는데, 말이 치료지 평생 관리를 하는 것과 같다. 약을 복용한다 해도 병이 활발하게 활동하는 시기는 있을 수 있으니까.

같은 병을 가지고 있더라도 증상은 다양하다. 사람마다 전혀 다르게 나타나기도 한다. 나는 스트레스를 심하게 받을 경우 숨 쉬기 어려울 정도로 목의 혈관이 붓고, 염증이 어깨, 무릎, 발 등으로 돌아다니며 온몸이 붓는다. 염증은 통증을 야기한다. 주치의 선생님은 내가 겪는 무릎 통증은 일반적이지 않은 증상이라고 한다. 그만큼 사람마다 증상이 다른 것이다.

환우 카페의 '병상 일기' 게시판을 눌러보니 '뇌경색, 뇌출혈, 심장 통증, 통풍 증상, 실명' 등의 글이 보인다. 병이 또 다른 병을 낳고 있는 것 같다.

증상 말고도 약물 치료로 인한 부작용 등 환자가 감수해야 하는 것들은 자꾸 늘어난다. 병이 낫는 것도 아니고 그저 유지하기 위해 약을 먹는데, 약에서 오는 부작용이나 합병증을 감내해야 한다니. 참으로 아이러니한 일이 아닐 수 없다.

병을 앓는 우울함을 나열하며 읽는 이를 힘 빠지게 하려는 것은 아니다. 결론을 먼저 말하자면 나는 '타카야수 동맥염' 이 아이와 친구다. 친구가 되기까지 꽤 오랜 시간이 걸렸다. 볼 꼴 못 볼 꼴 다 본, 엄청 친한데 또 가끔은 보기 싫고, 붙어 있어야 하는데 막상 친하게 굴면 짜증 나는. 말하자면 애증 관계의 '찐친'이다.

이 병이 시작된 것은 열여덟이었으나 진단을 받았을 때는 스물둘이었고, 지금은 30대 후반이 되어가고 있다. 삶의 반을 이 아이와 함께 살고 있는 셈이다.

지상에서 지하까지, 지하에서 지상까지

나는 그 오랜 시간 동안, 자주 지하에 내려가 있었다. 아무도 만나고 싶지 않고, 누구와도 대화하고 싶지 않은 날의 연속이었다.

친구들이 종종 안부를 물으면 지하에 있다고 대답하고는 했다. '지하'는 성의 없지 않으면서도 나의 상태를 쉽게 잘 나타낼 수 있는 단어였다. 층수에 따라 친구들은 나의 컨디션을 파악했다.

"굿모닝. 지하 몇 층?"
"오늘은 40층."

"굿모닝. 오늘은 몇 층?"

"오늘은 지하 20층."

어느 날은 지하 50층까지도 내려갔고, 지상으로 올라올 수 있는 날은 손에 꼽았다. 그리고 그런 날이 너무 오래 지속되면 친구들은 날 꺼내 올려 주러 왔다.

퉁퉁 부은 어느 주말 아침, 침대 위에 올려둔 휴대폰 벨 소리가 세차게 울렸다. 계속 울려대는 전화를 무시한 채, 아직도 쳐져 있는 암막 커튼을 걷으며 베란다로 나가면 주차장에 시동을 켠 채로 서 있는 하얀색 세단을 볼 수 있었다.

"여보세요."

"나와. 바다 보러 가자."

"안 나가. 너희끼리 가."

"모자 쓰고, 목도리 둘둘 하고 나와. 우리 아무도 네 얼굴 안 보고, 아무 말도 안 시킬 테니까."

"그럴 거면 대체 왜 만나냐?"

"그냥. 지상에 잠시 올라왔다 내려가라고."

계속되는 재촉에 어쩔 수 없이 모자를 쓰고, 목도리를

두르고, 두꺼운 패딩을 입고 나가 아무 말없이 친구의 차 뒷좌석에 탔다. 정말로 친구들은 나를 쳐다보지도, 말을 걸지도 않았다.

차 안에서는 존 레전드John Legend의 오디너리 피플Ordinary people이 흘러나왔다. 우리가 고딩 때 수백 번 들은 음악. 무릎 위에 있던 손가락이 나도 모르게 리듬에 맞춰 살짝 움직였다.

아무도 이야기하지 않고, 창밖만 보며 가까운 서해로 달렸다. 을왕리. 예쁘지는 않지만, 우리가 제일 빠르게 닿을 수 있는 바다. 한겨울에 자주 바다를 앞에 두고 찬 바람을 맞았다. 두피까지 전해지는, 꼭 온몸의 모든 것이 씻겨 내려가는 듯한 차가운 바람. 그렇게 바람을 쐬고 정신 차려보면 어느새 친구들과 칼국수를 앞에 두고 늦은 점심을 먹고 있었다.

그리고 가끔은 친구들이 나를 만나러 지하로 내려오기도 했다. 친절하게도.

"그래서 너 오늘은 몇 층이라고?"

"지하 18층?"

"그래. 계속 거기 있어. 나도 오늘 기분 더러운 일 있었어. 내가 내려갈게. 같이 불행하자."

혹시 알까. '같이 행복하자'는 말보다, '같이 불행하자'는 말이 더 큰 위로가 될 수 있다는 것을. 어떤 말보다 로맨틱하다는 것을. 남의 불행을 함께 해준다는 것은 진짜 사랑이 아니면 절대 할 수 없는 일이라는 것을.

그 시간이, 그 말들이, 그 행동들이 나를 버티게 했다.

혼자가 아니라는 것

어떠한 병이든 처음 그 소식을 알게 되었을 때의 암담함을, 나는 안다.

괜찮아질 거라는 말을 아무리 들어도 전혀 괜찮아지지 않고, 오히려 시간이 흐를수록 혼자 고립되는 그 상황을, 나는 안다. 비단 병 때문이 아니더라도 살면서 생각지 못한 수렁에 빠지는 때가 있다는 것 역시 알고 있다.

그렇다고 해서 견딜 수 있다고, 이것 보라고, 나도 이렇게 살지 않냐고 말하고 싶지는 않다. 아픔은 상대적인 것이다. 더 큰 병이라고 해서 더 아픈 것도 아니고, 쉽게 고칠 수 있는 병이라 해서 덜 아프지도 않다. 그저 인생에 갑자기 나타난 파도에 나의 경험이 하나의 부표가 될 수 있다면 좋겠다는 생각으로 이 글을 썼다.

자가면역질환은 이제 쉽게 접할 수 있는 병이 되었다. 많은 종류의 병이 있고, 질환마다 아픔의 강도도 치료법도 다르다. 어느 날은 중증 질환이 되기도 하고, 어느 날은 또 보통의 사람처럼 살아갈 수 있는 컨디션이 되기도 한다. 많은 만성질환자가 겉으로는 괜찮은 척하며 매일을 보내고 있는 것을 잘 알고 있다.

그래서 말해주고 싶었다.

나는 당신이 가끔 지하에 내려가 있는 것을 안다고. 우리 가끔은 지상에 나오자고. 아주 잠깐 올라오더라도 숨 한 번 크게 쉬고 다시 내려가자고.

그리고 지하에 있더라도, 당신 혼자가 아니라고.

괜찮다는 말,
괜찮지 않다는 말

아임 파인 땡큐 앤 유?

이제 막 초딩이 된 조카에게 묻는다.

"하와유?"

"암 베리베리 해피. 하우어밧유?"

"요즘 애들은 다르네. 이모 때는 무조건 '아임 파인 땡큐 앤 유'였는데."

"왜요?"

"그런 게 있어. 어떠냐고 물어보면 무조건 괜찮다고만 하는 게. 그렇게 배웠거든."

괜찮을 것만 같던 때가 분명 있었다. 병원에 있을 때도 그랬다.

병원 생활은 혼자, 또는 엄마, 언니와 함께했다. 맞벌이 부부에게 딸의 긴 입원 생활은 큰 걱정이었지만 계속해서 돈을 벌어야 하는 이유이기도 했다. 다행히 엄마의 직장이 병원과 가까이 있었고, 평일 밤이면 엄마가, 주말이면 언니가 내 옆을 지켰다.

언니는 나와 6살 터울로 외모부터 성격까지 모두 다른 사람이다. 병원에 올 때 가방에 만화책과 과자를 한가득 담아오는 것만 봐도 알 수 있다. 마치 소풍 온 듯 심각함이라고는 전혀 찾아볼 수 없는 모습이다. 그런데 신기하게도 그런 점이 내게 무해함으로 다가온다. 갑자기 찾아온 불운을 꼭 심각하게 받아들이지 않아도 된다는 것을 알게 한다. 절망으로 이어지지 않게 한다.

그날도 언니가 책 대여점에서 빌려온 야자와 아이의 『NANA』를 붙잡고 낄낄거리고 있었다. 물론 팔에는 주렁주렁 링거가 꽂혀 있었지만. 병원을 우리만의 공간으로 만들기 위해 베드의 모든 면을 커튼으로 둘러놓았는데, 간호사 선생님이 차르륵 소리를 내며 커튼을 열고는 체온계를 건네고 나갔다.

그 순간 우리는 동시에 서로의 눈을 바라보았다. 씰룩거리는 입꼬리. 알 수 없는 미소. 그리고 나는 체온계를 몸으로 가져가지 않았다. 열이 내리면 집에 갈 수 있다는 어린애 같은 생각을 하며. 언니는 그런 나의 행동을 못 본 척해 줬고.

정말 바보 같다 비난해도 어쩔 수 없다. 열여덟이었다. 그 나이면 그럴 수도 있지 않은가? 몇 분이 지났을까, 간호사 선생님이 들어와 손을 내밀었고, 나는 당당하게 체온계를 건넸다.

"어? 열이 내렸네?"

이 말과 동시에 선생님의 손이 내 이마로 올라왔다. 그리고 이어지는 '쓰읍-' 소리. 선생님의 손은 체온계와 함께 내 귀로 다가왔다. 아, 망했다. 38.3도. 손바닥만으로도 느껴지는, 절대 무시할 수 없는 뜨거운 체온. 선생님은 우리를 흘겨보았고, 우리는 멋쩍게 웃었다.

저녁이 다 되어 병실에 들른 엄마는 혀를 끌끌 차며 어쩜 둘 다 이렇게 철이 없을 수 있냐 했다. 나는 고딩이었으니까 괜찮았다. 하지만 언니는 이제 막 대학을 졸업했을 때였다. 열여덟은 괜찮지만 스물넷은 철이 없으면 안 됐다.

괜찮을 거야

병원은 그 자체만으로도 공포를 주기 좋은 공간임에는
분명하다. 특히 응급센터가 있는 1층이 그러한데, 새벽에
응급실에 한번 가보면 바로 느낄 수 있다. 보통 아픈 정도로
는 그냥 다시 집에 돌아와야 할 것 같은 기분을. 아, 괜찮은
것 같아요. 저분들 보니 제 상처는 그냥 자가 치유될 것 같
네요.

늦은 밤이 되어도 병원 어딘가에서는 긴박한 상황이 생
겨난다. 하지만 보통의 병동은 밤 9시가 넘어가면 그 어느
때보다 고요하다. 간혹 들리는 것은 간호사 선생님들의 발
걸음 소리 정도뿐이고, 휴게실의 TV 소리조차 작게 줄어들
어 조그마한 소음도 더 크게 느껴진다. 병동 전체가 어두워

지면 일찍 잠에 드는 환자도 있고, 베드에 그냥 누워있는 환자도 있고, 나처럼 눈이 말똥말똥한 환자도 있다.

잠이 오지 않는 밤이면 지하 1층 편의점에 내려가 삼각김밥 2개와 뚱뚱이 바나나우유를 사와 병동으로 올라왔다. 그리고는 중앙 엘리베이터 옆 의자에 걸터앉았다. 커다란 창으로 들어오는 달빛이 마치 핀 조명처럼 나를 비춰 주어서 삼각김밥 비닐을 차례대로 벗길 수 있었다. 1번, 2번, 3번 순서대로 완벽하게. 어느새 옆자리에 다가와 앉은 엄마와 사이좋게 하나씩 해치웠다. 그리고 물었다.

"엄마, 나 언제 퇴원하지?"
"내일?"
"내일 안 된다 하면?"
"그럼, 내일모레?"

우리는 그렇게 내일모레, 모레, 또 모레를 기다렸다. 창가의 나무들이 초록에서 단풍으로 물들어갔다. 다행히 그 나무들이 헐벗기 전에는 그곳을 벗어날 수 있었다. 항생제로 열을 낮춰 놓은 것뿐이니 혹시나 또 고열이 시작되거나 다른 증상이 있으면 응급실로 오라는 말이 따라왔지만.

그렇게 병명도 모른 채 다시 학교로 돌아갔다. 행복했다. 내가 있는 곳이 병원이 아니라는 사실 하나만으로도. 그리고 이상하게도 그 공간을 벗어나니 괜찮아질 것 같았다. 이 병이 이토록 오래 나를 괴롭힐 것이라고는 단 한 번도 생각하지 못하고, 그저 잠시 지나가는 인생의 해프닝 정도로만 생각했다.

이 시기는 내가 막연하게 '괜찮을 거야'를 되뇌던 시기다. 병명을 몰랐기에 더욱 그랬다. 어느 난치병 환자가 '나는 괜찮을 거야'하며 안심할 수 있겠는가.

사람은 살면서 최악의 경우를 잘 떠올리지 않는다.

(아프지만) 괜찮아

　

무사히 수능을 보았고, 성인이 되었고, 대학에 들어갔다. 그리고 내 병은 왜인지 모르겠지만 몸 여기저기를 돌아다니며 염증을 만들고, 통증을 일으켰다. 처음 발병할 때에는 그렇지 않았는데 포켓몬처럼 진화라도 한 듯 그랬다.

유난히 무릎과 어깨 통증이 심했는데 신기하게도 특별한 이유는 없었다. 많이 걸은 날에도, 많이 걷지 않은 날에도 어느 순간이 되면 아파 왔다. 학교를 올라가는 아침에는 분명 괜찮았는데, 수업을 다 듣고 내려올 때는 친구들의 부축을 받으며 내려와야 했고, 절뚝거리며 집에 오는 날이 잦아졌다. 무릎에 물이 찬 듯 퉁퉁 붓고 열감이 올라왔다.

어깨가 아플 때는 혼자 샤워기를 들 수도 없었다. 반쯤 젖은 채로 욕조 안에서 엉엉 울곤 했다.

심하지 않을 때는 절뚝거리며 어떻게든 돌아왔는데 심할 때는 발을 디딜 수조차 없었다. 겨우겨우 버스에서 내려 버스정류장에서부터 집까지 한쪽 발을 질질 끌고 왔다. 5분이면 오는 거리가 15분이 걸렸다.

그것도 어려운 날이면 정류장 의자에 앉아서 남동생에게 전화를 걸었다.

"어디야? 누나 좀 데리러 와줘."

그러면 동생은 군말 없이 나타나 나를 업고 집으로 향했다.

"고마워."

동생 등에 업혀서 수십 번 말했다. 고맙다고, 미안하기도 했지만 고마운 마음이 더 컸다. 가족이니까. '미안하다'보다 '고맙다'를 더 많이 말할 수 있는 사이. 가족은 그런 거니까.

하지만 친구는 달랐다. 친구는 가족이 아니니까 피해를 주어서도 안 되고, 어리광을 부릴 수도 없었다. 아무도 내게 눈치를 주거나 민폐라 느낄 만한 계기를 만들지 않았지만 아픈 날이 늘수록 나는 점점 작아졌다.

여행을 가자는 친구 말에 좋아하기보다 덜컥 겁이 날 때가 더 많았다. 가서 아프지 않을 수 있을까. 나 때문에 여행 계획이 틀어지지 않을까. 아프기라도 해서 귀찮은 대상이 되지 않을까.

이런 생각을 입 밖으로 꺼내면 여행을 아예 가지 않기로 하거나, 내게 미안해하며 여행을 가거나, 아니면 억지로 나를 끌고 가거나 셋 중 하나일 게 분명했다.

그때부터였다. 웃으며 괜찮다고 이야기하게 된 것은.

(아프지만) 괜찮아. (나도 물론 가고 싶지만) 괜찮아. (내 다리가 또 말썽이지만) 괜찮아. 괜찮아. 정말 괜찮아.

친구들에게 내 아쉬움을 들키지 않으려고, 분위기를 어둡게 만들지 않으려 늘 괜찮다 했다. 그럼에도 불구하고

"너 다리 아프면 내가 업고라도 다닐게. 걱정 마." 하는 무리가 있어 세상의 반짝이는 것들을 눈에 더 담을 수 있었다. 고맙게 생각한다.

아프다는 소리를 입 밖으로 잘 뱉지 않는다. 어느새 습관이 되었고, 나중에는 강박이 되었다. 내가 아프다는 소리를 하면, 사실 괜찮지 않다는 말을 하면 상대방의 눈썹이 팔자가 된다. 안쓰러운 눈으로 나를 바라본다.

그 걱정이 싫다는 것은 아니다. 하지만 그런 장면과 마주할 때면 지금 괜한 소리를 해서 내 우울을 상대에게 전했다는 생각이 든다. 좋은 것만 공유해도 모자란 세상에. 이것말고도 충분히 살기 힘들고 각박한 세상에.

물론, 내 앞에 앉아있는 저 사람은 지금 마시고 있는 커피를 다 마시고 이 자리를 벗어나면 더는 내 생각을 하지 않을 것을 안다. 그래도 그렇다.

심지어 나의 사랑스러운 친구들은 그런 사람이 아니었다. 나의 일을 제 일처럼 안타까워하고, 나의 회복을 자신의 일처럼 기다렸다. 그래서 더욱 괜찮지 않다 할 수 없었다.

친구들의 눈썹이 팔자가 아니길 바랐다. 그들을 안심시키는 것 역시 내가 해야 하는 일이었다.

오늘, 하나도 괜찮지 않다

　　병원에서 가끔 고통을 숫자로 이야기해달라고 할 때가 있다. 당신의 고통은 1부터 10 중 어느 정도 되나요? 캐나다의 맥길대학교에서 발표한 맥길 통증 지수라는 것이 있는데, 통증 척도로 지수에 따라 10점대, 20점대, 30점대, 40점대로 나뉜다. 절대적인 수치는 아니지만, 고통에 대한 참고용으로 의학계에서 많이 쓰이는 지표다.

　　인간이 느낄 수 있는 고통 중 1위는 42점으로 복합 부위 통증 증후군complex regional pain syndrome, CRPS이다. 불에 타는 고통이 이에 해당된다. 또한, 손가락, 발가락 등이 절단되는 수지 절단도 41점으로 상위다. 30점대는 신장 결석, 초산, 경산, 만성 허리 통증, 섬유 근육통이, 20점대로는 암, 만성 편

두통, 환각지(수술이나 사고로 갑자기 손발이 절단되었을 경우, 없어진 손발이 마치 존재하는 것처럼 생생하게 느껴지는 일), 인대 파열, 골절 등이 있다.

고통의 척도를 정확하게 알려 주고 싶어서 설명한 것은 아니다. 사실 나는 고통은 무척 상대적인 것이라 생각한다. 20점대의 증상을 가지고 있어도 40점대의 고통을 느낀다면 40점대의 통증 아닐까. 이 척도를 굳이 설명한 이유는 내가 병을 앓으며 필요했던 것은 고통의 척도보다는 괜찮음의 척도였다는 것을 이야기하기 위해서다.

상대가 괜찮냐고 물어봤을 때 매번 거짓을 말하면서도 나의 이 고립된 상황을 누군가가 알아주길 바랐다. 지금의 상황과 감정을 나밖에 모르면 더 깊이, 더 밑으로 내려갈 것이 분명했다. 말하지 않으면 모른다. '말 안 해도 알잖아'라는 말처럼 무책임한 말은 없다. 말해야 안다. 상대가 눈치채 주길 바라며 기다려서는 안 된다.

그래서 지하를 만들었다. 괜찮냐 물으면 나 지금 지하에 있어, 지하 몇 층이야, 말할 수 있게. 그 말 한마디로 상대는 내가 어디쯤에서 길을 헤매고 있는지, 얼마나 외로운지 가능할 수 있었다.

매일 불안이 풍선처럼 부풀어 오른다. 매시간, 매일, 계절이 바뀔 때마다 조금씩 조금씩 부풀어 오른다. 부풀어 오를 대로 오른 풍선을 바라보며 괜찮아질 거야, 하고 막연하게 생각도 해본다. 내일 터져도, 모레 터져도 이상하지 않은 커다란 풍선.

터지기 직전 나지막하게 이야기한다. 괜찮지 않다고. 하나도 괜찮지 않다고. 외롭고, 무섭고, 아프다고. 그 말에 금방이라도 터질 것 같았던 풍선이 조금씩 줄어든다. 오늘 말고도, 내일을 살게 한다.

나는 우리가 병과 함께 살면서, 이 긴 터널을 걸으며 괜찮지 않음을 조금 더 쉽게 말할 수 있길 바란다.

오늘, 하나도 괜찮지 않다. 나는 지금 지하 23층에 있다.

큰 병원으로 가보시는 게
좋을 것 같아요

그렇게 한 달이 지나갔다

"큰 병원으로 가보시는 게 좋을 것 같아요."

의사들은 이 말이 환자에게 얼마나 큰 공포로 다가오는
지 알까. 알고도 그렇게 쉽게 이야기하는 것일까.

나는 이 말이 참 싫다. 큰 병원으로 가면 뭐가 해결되나요?

처음 고열이 시작되었을 때, 집 앞에 있는 내과를 찾았
다. 당연하다. 아프면 제일 먼저 찾는 곳은 접근성이 좋은
동네의 병원이다. 의사는(이 분께는 죄송하지만, 선생님이란
호칭을 붙이고 싶지 않다) 이미 집에서도 재본 체온을 똑같
이 재보고, 청진기로 간단한 체크를 하고, 내게 몇 가지 질

문을 던지고는 장염 진단을 내렸다.

하지만 나의 장염은 5일이 지나도 차도가 없었다. 열은 처음에만 내리는 척하더니 다시 높아져서는 떨어질 생각을 하지 않았다.

"선생님, 열이 내리지 않고, 몸은 계속 아파요."

두 번째 만남에서 그는 웃는 것도, 그렇다고 걱정스러워 하는 것도 아닌 마치 퇴근 시간만 기다리고 있는 직장인 같은 얼굴을 한 채로 한 번 더 같은 약을 처방해 주었다. 5일 치. 그렇게 한 주가 또 지나갔다.

네 번째 방문을 했을 때에야 의사는 말했다. 소견서를 써줄 테니, 큰 병원으로 가보시는 게 좋을 것 같다고.

이때는 다행히 화는 나지 않았다. 내가 이런 병에 걸렸을 줄은 예상하지 못했으니까. 네 번이나 계속된 장염 진단이 오진이라 생각지도 않는다. 희귀병을 단번에 눈치챌 의사가 몇이나 있겠는가. 하지만 그는 분명 책임을 다하지 않았다. 네 차례라는 방문 횟수에서, 한 달이라는 기간에서 알 수 있다.

큰 병원으로 옮기자마자 몇 가지 검사를 받았고, 결과가 나오자마자 당장 입원하라는 소리를 들었다. 다급한 목소리와 부산스러운 발걸음 소리가 들려왔다. ESR*, CRP*, WBC* 검사 수치가 너무 비정상적이었던 것이다.

수치는 너무나 비정상이었으나 MRI와 CT에서는 특이점이 발견되지 않았다. 해야 할 검사는 날이 갈수록 늘어갔다. 각종 검사를 하고, 이유도 모르고 높이 솟아 있는 염증 수치를 낮추기 위해 매일 항생제를 맞고, 차도가 없어 더 독한 항생제를 맞고, 그래도 아파서 마약성 진통제를 맞는 날들은 꽤 오랫동안 계속되었다.

- ESR erythrocyte sedimentation rate (적혈구 침강 속도)

급성기 반응 물질 중의 하나로 급성 염증이나 만성 염증의 지속 상태를 반영하는 지표다. 혈액을 가느다란 관에 넣어 수직으로 세워 놓았을 때 적혈구가 한 시간 동안 침강하는 속도를 의미하는데, 특정 질환을 암시하기보다는 몸 안의 염증성 반응이 있다는 것을 알 수 있다.

- CRP C-reactive protein (C 반응 단백질)

염증이 생기거나 조직이 손상되어 급성 염증 또는 감염이 있을 때 수치가 상승한다.

- WBC white blood cell (백혈구)

백혈구는 감염성 질병과 외부 물질로부터 신체를 보호하는 면역 세포이기에 감염의 종류에 따라 증가 또는 감소되는 현상이 나타난다.

드디어 이름을 알게 되었다

그 동네 내과를 다시 찾은 것은 스물둘이었다.

이제 막 개강한 지 2주가 지났고, 완벽한 수강 신청을 해 뿌듯한 시간표였다. 1, 2교시가 없어 늦잠을 자도 되는 데다 어찌나 적절히 공강 시간을 배치했는지. 신청하기 어려운 교양 수업도 성공해서 동기들에게 자랑도 했었다. 며칠 전부터 시작된 고열을 나는 심각하게 여기지 않았다. 감기인 가 하며 그때 그 의사와 또 다시 마주했다.

"그때 아팠던 건 어떻게 됐어요?"
'웬일. 그래도 물어보네.'
"이유는 찾지 못했어요. 항생제 맞고 퇴원했어요."

의사는 각종 피 검사를 해보자 하더니 갑자기 내게 골반염인 것 같으니 산부인과를 방문해볼 것을 권유했다. 네? 산부인과요? 갑자기요? 소견서를 가지고 산부인과에 방문하자, 의사 선생님은 여기를 왜 왔냐는 표정을 지었다.

"피검사를 하고 골반염이라 했다고요?"
"네."
"골반염 아닌데."
'아, 도대체 어쩌라는 거야.'
"큰 병원으로 가보시는 게 좋을 것 같네요."

결국, 또 그 놈의 큰 병원을 찾았다. 몇 가지 검사를 하고, 입원 수속을 마쳤다. 학교에는 어쩔 수 없이 뒤늦은 휴학계를 냈다. 이미 말도 안 되게 올라가 있는 수치를 확실히 내리기 위해 고용량의 스테로이드제를 쓰며, 수많은 검사가 시작되었고, 열여덟의 여름이 반복되었다.

달라진 것이 있다면 드디어 내 병명을 알게 된 것이다.

타카야수 동맥염. 희귀 난치병.

사실 병명은 중요치 않았다. 난치병이란 단어가 머리에서 맴돌았다. 단어를 곱씹을수록 눈물이 날 것 같았다. 오랜 시간 찾아 헤맸는데, 이제야 찾아냈는데, 하나도 기쁘지 않았다. 병명을 찾으면 그에 맞는 약을 처방받고, 치료받을 수 있고, 그러면 덜 아플 수 있을 거라 생각했는데, 병명을 알아도 바뀐 것은 하나도 없었다.

병은 내가 스물여섯이 되고, 직장인이 되어 출퇴근하고 있던 때에도 어김없이 활발해졌다.

그날은 사서로 일하던 도서관 전체 회식이 있던 날이었다.

꽤 늦게까지 술을 마셨고, 집에 돌아와 씻으려고 보니 한쪽 눈이 빨갰다. 내일 인공 눈물을 사야지 하는 안일한 마음을 가지고 잠들었다. 다음 날이 되니 한쪽 눈이 잘 보이지 않았다. 시력이 차차 안 좋아진 것도 아니고, 하루아침에 이렇게까지 안 보일 수가 있나?

출근 후 점심을 패스하며 안과를 찾았고, 안과 선생님은 안약 2개를 처방해 주었다. 벚꽃이 막 지던 5월, 그리고 여름이 시작되던 6월이었다.

나는 퇴사를 했다. 어쩔 수 없는 결정이었다. 한쪽 눈이 아예 보이지 않게 되었으니까. 안과 선생님은 차도가 없는 내 눈을 보고 고개를 갸우뚱거릴 뿐이었다.

"그런데요. 선생님. 제가 지병이 있는데요."
"왜 말을 안 했어요?"
"물어보지 않으셨으니까요."

우리 몸에는 얼마나 많은 혈관이 있을까? 그리고 그중 좁아진 혈관은 과연 몇 개일까? 안과에서는 큰 병원으로 가보는 것이 좋을 것 같다 했다.

또 그 놈의 큰 병원. 병원에 가자 주치의 선생님은 당장 입원을 하라 했다.

네네, 그럼요. 저 그래서 퇴사했잖아요. 이렇게 될 줄 알았거든요.

나에게 낙하산이 있으면 좋겠다

안과 선생님도, 주치의 선생님도 그럴 듯한 대답을 해주지 않았다. 아니, 해줄 수 없었던 걸지도. 대개 "아마도", "그럴 것 같네요", "예상되고요" 이런 문장이었다. 아, "지영씨가 더 잘 알 테지만"도.

그리고 나는 그 불확실한 문장들 속에서 매번 확실한 단어를 찾으려 애썼다. 단 한 명이라도 내게 "2주 뒤에는 확실히 증상이 완화될 것입니다"라든지, "이 약만 먹으면 통증이 줄어들 것입니다"라고 해주길 바랐다.

하지만 시간이 지날수록 그런 말을 해줄 수 있는 사람은 없다는 것을 알게 되었다. 그저 기댈 수 있는 것은 근거가 되는 ESR이나 CRP 수치뿐이었다.

그래서였을까? 평소에도 내 병에 대해 아무도 낙관적으로 이야기하지 않아서였을까? 눈이 보이지 않게 되었을 때, 나는 크게 무서워하거나 두려워하지 않았다. 최대한 담담하게 그 폭풍을 맞이했다. 울지 않았고, 욕을 하지도 않았다. '진짜 가지가지 하네'라는 생각만 했다. 아, 눈에 좋다는 영양제를 사야겠다는 생각도. 한쪽 눈 없이는 살 수 있어도, 두 눈 없이는 사는 게 힘들 테니까. 웃기게도 그런 생각을 했다.

뒤늦게 소식을 전해 듣고, 타지에 있던 언니에게 연락이 왔다. 언니가 결혼한 지 3년째 되던 해였다.

"어떡해. 너 어떡해."
"언니, 나한테 낙하산이 있으면 좋겠다. 천천히 내려가고 싶어."

그랬다. 나는 또 내가 지하로 떨어질 것을 알았다. 그 전의 지하가 100층까지 있었다면 이제는 바닥이 어딘지 가늠이 안 되는 지하로. 그러니 최대한 안전하게, 또 천천히 내려가고 싶었다. 두 발로 착지해 다시 일어서고 싶었다.

언니는 나의 메시지를 읽고 그 자리에 주저앉아 엉엉 울었다고 했다. 내가 불쌍해서.

이렇게 이야기를 끝내면 너무나 슬픈 이야기가 된다. 고통에 몸부림조차 치지 않는 안타까운 주인공. 하지만 나는 내가 불쌍치 않았다.

아, 중요한 것을 잊을 뻔했다. 그 이후 병원에 입원해 약물 치료를 했고, 보이지 않을 만큼 떨어진 시력은 어느 정도 돌아왔다. 그해 여름이 무척 예뻤던 것을 기억한다. 창밖의 나무들이 바람에 흔들리며 반짝이는 것을 실컷 구경했다. 두 눈으로 볼 수 있게 되어서 기뻤다. 그리고 여전히 기쁘다.

내가 할 수 있는 최고의 처방

나는 '그 놈의 큰 병원'을 몇 번을 옮겨 다니며 오진을 경험하고, 현대 의학이 이렇게나 발달되었지만 내 병은 치료할 수 없다는 것을 인정하게 되었다. 짧게는 매달, 길게는 석 달에 한 번 마주하는 주치의 선생님을 존경하고, 신뢰하지만 결국 이 병에 대해 제일 잘 아는 것은 나라는 것 또한 알게 되었다.

이 병의 주인도 나고, 극복해야 하는 것도, 함께 살아가야 하는 것도 나 자신이다. 결국, 이 병의 전문가는 다른 사람이 아닌 나인 것이다.

아침에 일어나니 어깨가 욱신거린다. 한쪽 팔이 도저히

올라가지 않는다. 샤워를 하며 한쪽 팔로 나머지 한쪽 팔을 억지로 들어 머리에 얹고 샴푸를 끝낸다. 모양새가 웃겨서 웃음이 새어 나온다. 모자를 쓰고 출근할 수 있다면 참 좋을 텐데, 뭐, 그런 생각을 한다. 나가기 전 진통 소염제를 먹고, 가방에 한 봉지를 챙겼다가 혹시 몰라 두 봉지를 더 담는다. 내가 할 수 있는 최고의 처방.

매일 나의 몸을 관심 있게 살핀다. 몸 어딘가에서 이유 없이 혈관이 터져 여기저기 멍이 든 것을 확인한다. 다음 번 진료 때 물어봐야지 하고 기억해 둔다. 혹시나 언제부터 그랬어요? 질문이 올지도 모르니 사진을 찍어둔다.

컨디션이 좋지 않을 것 같으면 약속을 미룬다. 그럴 수 없다면 술은 마시지 않는다. 나에 대해 최대한의 관심을 쏟는 것, 내가 나를 돌보는 것, 이것이 바로 내가 병과 함께 삶을 살아가는 방법이다.

지난 몇 년 동안 우리는 모두 감염에 노출되어 있었다. 살면서 '나는 한 번을 안 아파' 자신하던 이도 불안에 떨었다. 전염병이라는 생각지 못한 공포에 두려워하며 외부와 단절돼야 했다. 자가면역질환자들 역시 예외는 아니었다.

우리는 코로나 고위험군으로 분류돼 백신 접종 차례를 기다렸고 각자의 주치의에게서 백신을 접종할 것을, 혹은 하지 말 것을 권고받았다(질병의 종류마다, 증상마다 다를 수 있다).

나는 백신을 접종하라는 권고를 받았다. 백신을 무용하게 만들 수 있으니 앞, 뒤로 1주일씩 MTX 복용을 중단하라는 말이 덧붙여졌다. 당시 업무 일정 때문에 백신을 모두 다른 병원에서 맞을 수밖에 없었는데, 3차 백신은 하필 한 달간 장염 치료만 했던 그 내과 밖에는 시간이 맞지 않았다.

의사는 여전히 무신경하게 내게 백신에 대해 설명했다. 십여 년 전과 똑같은 표정을 하고. 나는 의사가 해주는 말이 몇 초나 되는지 세었다. 하나, 둘, 셋. 10초 컷. 코로나로 병원이 붐빌 때였으니 어느 정도 이해는 한다. 하지만 붐볐든, 붐비지 않았든 그는 똑같았을 것이다.

내게 먹고 있는 약이 있냐 물었고, MTX라 답했을 때도 그는 아무런 조언도 하지 않았다. 그래서 확인 차 다시 물어봤다. "주치의 선생님이 앞뒤로 약을 중단하라고 했는데, 맞죠?" 내가 어떤 답을 들었는지 궁금할 것 같다. 그는 이렇게 말했다.

"거기서 그렇게 하라면 그렇게 하시던가요."

이만큼 무신경한 답이 어디 있을까. 나는 그가 아직도 우리 동네에서 버젓이 병원을 운영하고 있다는 사실에 가끔 화가 난다. 그 병원으로 들어가는 환자들을 보면 "거기 가지 마세요"하고 길 건너편 내과를 광고하는 판촉물이라도 돌리고 싶을 정도다.

나는 이 병원의
첫 번째 환자였다

이 큰 병원에 단 한 명도 없었다

KCD : M31.4.

내 병의 코드다. KCD는 질병 기호를 뜻하는데, 도서관에 가면 청구 기호로 책이 분류되어 있는 것처럼 각 질병에 코드를 부여한 것이다.

이 코드가 건강보험 청구의 기준이 된다. 병원 시스템에는 병명을 영어 약자나 코드로 입력하게 되는데, 내 병의 코드는 아무리 몇 번을 시도해도 업데이트가 되지 않았다.

"이상하다. 왜 안 되지?"

주치의 선생님은 몇 번을 시도하더니 해결 방법을 찾을 책임을 내게 토스했다. 나는 진료실을 나와 사무실에 가 어떻게 해결해야 하는지 물어보고, 건강보험공단에 연락해 정확한 기호를 메모하고, 산정 특례 신청 창구에 가서 신청서를 작성하고, 다시 병원 사무실에 가 코드 신청을 한 뒤에야 진료실로 돌아와 등록할 수 있었다.

이때 알았다. 이 큰 병원에 나와 같은 병을 가진 사람이 단 한 명도 없다는 것을. 나는 이 병원의 타카야수 동맥염 첫 환자였다.

희귀 난치병 환자는 건강보험 산정 특례 대상자다. 산정 특례란, 본인 부담이 높은 암 등 중증 질환자와 희귀 질환, 중증 난치 질환자의 치료비에서 본인 부담률을 낮춰 주는 국가의 좋은 제도다. CT*, MRI* 촬영을 한 번 하는데 드는 비용은 적지 않다. PET-CT*는 더욱 그렇고. 혈관이 어떻게 변했는지 알아야 하기에 주기적인 CT 촬영은 내게 필수다. 하지만 산정 특례 대상의 경우 10% 정도만 내면 되니 어찌 이 제도에 감사하지 않을 수 있을까.

나는 보험이 없다. 직장인은 다 가지고 있다는 그 흔한

실비 보험조차 없다. 5년 동안 같은 증상으로 인한 병원 진료 기록이 없어야 실비 보험을 신청할 수 있는데, 열여덟에 시작된 병은 5년이 되기 전, 스물둘에 정확한 진단이 나왔다. 무척 아쉬운 점이다. 산정 특례를 받고 있으니 괜찮지 않나 싶겠지만, 보통 병의 정도를 유지하기 위해 면역을 낮추는데 그러다 보면 감기부터 폐렴 등 각종 감염에 쉽게 노출된다.

이러한 이유로 눈에도 염증이 자주 생겼고, 정기적으로 안과 검진과 치료를 받아야만 했다. 안과 비용은 산정 특례를 받을 수 없었다. 산정 특례는 특정 질환에 대한 비용만 지원해 준다.

- CT computed tomography

X-ray를 이용하여 몸의 단면을 영상화하는 진단적 검사로 단순 X선 촬영에 비해 구조물 및 병변을 조금 더 명확히 볼 수 있는 장점이 있다.

- MRI magnetic resonance imaging

CT에 비해 연조직 대조도가 훨씬 뛰어나고 횡단(몸의 가로 단면) 영상뿐 아니라 관상(몸을 배쪽과 등쪽으로 나누는 면) 영상, 시상(몸을 좌와 우로 가르는 면)영상 등 원하는 어떤 단면의 영상도 얻을 수 있다. 방사선을 쓰지 않는 장점이 있으나 CT보다 높은 비용, 오래 걸린다는 단점이 있다.

- PET-CT positron emission tomography-computed tomography

방사성 의약품을 정맥으로 주사한 후 인체 내에서 발생하는 방사선의 분포를 영상화하여 암의 발생 및 재발 유무 등을 진단하는 방법. 한 번의 검사로 전신을 모두 촬영할 수 있는 장점이 있다.

함께, 믿고, 항해한다는 것

희귀 질환은 다른 병에 비해 정보가 많이 없다는 것이 큰 단점이다. 도움받을 사람도, 레퍼런스도 많지 않은 상황이다. 그때 누군가가 말한다. 어쨌든 당신은 이 배를 탔고, 어떻게든 항해해야 한다고. 그래서 우리는 이 두려움 속에서 제일 먼저 전문가를 찾는다.

"혹시 배를 몰아본 적 있나요?"
"네. 하지만 이 기종은 아닌데…."
"어쨌든 몰아본 거죠? 그렇다면 저 좀 도와주세요."

그렇게 전문의에게 이 병을 어떻게 대해야 하는지 배운다. 물론, 그 역시 처음인 경우도 있어 나보다 아는 것이 많다고 확신할 수는 없다. 하지만 말 그대로 '전문의'다. 그는 내가 자기 환자가 된 이상 공부를 해서라도 내게 배를 모는 방법을 알려주고 싶어 할 것이다.

이런 믿음에도 불구하고 눈치를 보게 될 때가 있다. 나도 이곳에 어렵게 시간을 내 진료를 받으러 온 건데, 너무 바빠 보이는 대학 병원의 분위기에, 다크서클이 턱 밑까지 내려와 피곤해 보이는 선생님 얼굴에, 내가 살아있으니 그걸로 됐다는 듯한 반응에, 저절로 그렇게 된다. 그래서 더 묻고 싶어도, 지금 내 상황을 더 설명하고 이해시키고 싶어도, 간단한 질의 응답으로 진료를 끝내버리는 날도 있다.

나는 주치의 선생님들이 조금만 더 우리에게 친절하길 바란다. 그저 수치상으로 문제가 없어 보여도, CT상으로 지난달과 차이가 크지 않더라도 우리의 불안을 눈치채고 복사, 붙여넣기 한 대화가 아닌 진짜 대화를 해주길 바란다. 그리고 환자들에게는 최대한 수다쟁이가 될 것을 권한다.

2년 전, 오랜 주치의 선생님이 바뀌었다. 열여덟부터 서른넷까지, 내가 철부지였을 때부터 한 사람 몫을 할 때까지의 모든 시간을 함께해 주신 분이었다. 사실 그렇게 오랫동안 함께한 담당의가 변경되면 환자로서는 조금 걱정될 수밖에 없다. 아무리 진료 기록을 보고, 이제까지의 차트를 확인한다 해서 나를 제대로 파악할 수 있을까 싶다. 그리고 과연 이 병에 대해 얼마나 알고 있을지 의심도 된다. (다양한 종류의 자가면역질환을 한 과에서 담당하고 있기에 드는 걱정이다.)

지금의 주치의 선생님과는 1년 조금 넘는 시간을 함께 보내고 있는데, 그는 항상 웃는 낯으로 환자를 대한다. 사실 이것만으로도 병원에 가는 마음이 덜 힘들다. (선생님이 잘생겨서는 아니다. 진짜 아니다.) 진료실 문을 열면 "잘 지냈어요?" 안부를 묻는다. 꼭 오랜만에 만난 친구처럼. "요즘 스트레스는 뭐예요?" 하고 궁금해해준다. 나의 일상에 대해서. 그러다 보면 나 역시 마치 친구라도 만난 마냥 이 얘기, 저 얘기, 쓸데없는 얘기를 하다가 진료 시간을 다 쓴다. 다음 번에는 꼭 수치를 더 내려보자고 함께 다짐하고, 문을 닫고 나오며 인사한다.

"다음 진료까지 잘 지내요, 지영씨."

정말로 잘 지내길 바라는 마음이다. 내가 혹여나 갑자기

안 좋아져서 응급실로 들어와 선생님을 마주하지 않기를 바라는 것이다. 그것을 알기에 나 역시 대답한다.

"선생님도 잘 지내세요."

우리는 함께 항해해야 하니까요. 오래오래, 건강히, 제가 이 배를 모는 동안 옆에서 길을 잃지 않도록 도와주셔야 해요. 그렇게 진료실 문을 닫는다.

친구가 되려면, 잘 알아야 한다

아직도 기억한다. 타카야수 동맥염이라는 단어를 처음 접했던 날을. 주치의 선생님은 내게 몇 가지의 설명을 했다. 병의 이름과 계속해서 약을 먹어야 한다는 것 정도였다.

선생님이 가볍게 마치 '독감이네요' 하듯 말했기에 나 역시 가볍게 '아, 그렇구나. 나는 이제 평생 약을 먹어야 하는구나' 했다. 지금 생각해 보면 상당히 심각했어도 되는 일인데 잘 모른다는 이유로 그러지 않았다.

이 병에 대해 정확히 인지하게 된 것은 다름 아닌 인터넷 초록창과 환우 카페를 통해서였다. 검색창에 병명을 입력하니 죄다 같은 내용의 글뿐이었다. 하나의 글이 복사, 붙여넣기 되어 여기저기에서 설명되고 있었다.

그러다 다음 카페 하나를 발견했다. 회원 수가 겨우 50명 정도 되는, 환우와 환우의 가족으로 구성되어 있는 곳이었다. 나보다 먼저 이 병을 만난 사람들의 기록을 읽을 수 있었다.

그곳에서 우리는 반 전문의였다. "다리가 어떻게 아픈가요?" 묻고, "저도 똑같은 증상이에요." 공감하고, "그럴 때 저는 이렇게 하면 조금 낫더라고요." 같은 처방을 내리기도 하고, "스테로이드제를 끊으면 나아져요. 시간이 조금 걸릴 테지만 분명 그래요. 힘내세요." 하고 응원을 보내기도 했다.

물론 환우 모임에 장점만 있는 것은 아니었다. 사람들이 나보다 먼저 겪은 고통을 고스란히 보게 되자 나의 미래가 불투명해졌고, 그래서 겁먹고 끝까지 읽지 못한 채 뒤로 가기를 누르게 되는 경우도 있었으니까.

여전히 가끔 카페를 들어가 본다. 이제는 걸어온 시간이 있기에 '선배'의 마음으로 막막함 속에서 이것밖에 의지할 것이 없는 사람들에게 댓글도 달고, 나름의 응원도 전한다.

내가 걸어온 길을 똑같이 걸을 사람들을 위해 표지판 혹은 플래카드라도 거는 마음으로 읽고, 쓴다.

어느 날, 글을 읽다 자가면역질환자 중 병에 대해 깊이 아는 것을 꺼리는 사람도 있다는 것을 알게 되었다. 검색할 수 있지만, 알기 두려워 찾아보지 않는다고 한다. 그저 병원 진료에서 듣는 이야기가 알고 있는 사실의 전부라는 것이다. 물론, 그것도 좋다. 깊게 알수록 당연히 불안도 따라오니까. 굳이 불안을 더 키우지 않으려 하는 마음을 이해한다.

하지만 나는 병과 친구가 될 수 있느냐는 병을 얼마나 이해하느냐에 달려 있다 생각한다. 룸메이트를 생각해 보자. 머리부터 발끝까지 내 마음에 들지 않는 사람이 있다. 그의 이름은 '병'이다. 몇 개월, 혹은 짧게 1년 정도만 그와 지내야 한다면 문제될 것이 없다. 그저 참으면 된다. '시간아, 가라. 얼른 가라' 하면 된다. 하지만 그와 평생을 함께해야 한다면? 사실은 그가 룸메이트가 아니라 내 인생의 동반자였다면? 그렇다면 얘기가 다르다. 그때부터는 그를 이해하기 위해 노력해야 할 것이다. 우디 향을 좋아하는지, 아침을 좋아하는지, 추위를 싫어하는지, 샤워하고 나서 화를 내는 이유가 욕실에 새 수건이 걸려있지 않아서인지, 이해하면 함께 지내는 것이 조금은 수월할 수 있다.

그렇기에 나는 병에 대해 더 자세히 알기를 권한다. 내 병이 어떠하고, 어디쯤 진행되었고, 더 나빠질 때는 어떠한 증상이 수반되는지 알았으면 한다. 그래서 새로운 증상들이 생겨났을 때 평소와 같은 아픔으로 치부하고 넘어가지 않고 전문의와 제대로 상담할 수 있었으면 한다.

답이 없는 병이라 해도 계속해서 탐구하길 바란다. 모르는 채로 불안의 공포에 빠져 있기보다는 더 많이 알아내서 병에게 당신의 자리를 뺏기지 않기를 바란다.

그리하여 당신이 병과 함께 안녕하기를, 오늘도 바란다.

마음까지
먹히지 않기 위해서

아플 때마다 존재를 다시 확인했다

살면서 건강이 중요해지는 나이는 과연 몇 살일까? 인생에서 건강이 제일이고, 건강하지 않으면 모든 것이 무용지물이라고 생각하게 되는 때, 모두가 어딘가에서 동전 던지며 비는 소원이 건강이라는 걸 알게 되는 때는 언제일까?

아플 때까지 몰랐다. 건강이 이렇게 중요한 것인 줄. 알았다고 해서 갑자기 찾아온 불운을 피할 방도는 없었겠지만 그래도 너무 안일했다는 생각을 한다. 병을 얻고 나서야, 그것도 몇 년이나 지나 성인이 되어서야 알았다.

보통 우리는 몸 어디에 무슨 장기가 있는지 생각하지 않고 지낸다. 그러다 심장이 아프면, 위가 아프면, 손 마디가 아프면 그제야 그곳을 부여잡는다.

그때야 안다. 아, 여기 위가 있구나, 아, 여기 심장이 있구나. 그치, 나 손가락이 있었지. 통증을 통해 그곳의 존재를 다시 한번 깨닫게 되는 것이다.

나의 경우에는 염증이 몸 여기저기를 돌아다니며 통증을 일으키니, 아플 때마다 온몸의 존재를 다시 확인했다. 그 고통이 아주 심할 때는 이렇게 말하기까지 했다

"엄마, 다리가 사라졌으면 좋겠다."
"엄마, 목의 이 부분만 도려내고 싶다."

아플 때마다 존재를 부정했다. 몸 어딘가에 무엇이 있는지 더는 알고 싶지 않았다. 불효자식. 엄마에게 할 말이 있고, 못할 말이 있지. 하지만 그렇게 아팠다. 심한 고통으로 신체의 이 부분이 차라리 없어졌으면 좋겠다고 생각했던 적이 있었다.

물론 어린 생각인 것을 안다. 참고 참다가 그런 말들을 내뱉었을 때 옆에서 듣고만 있어야 했던 엄마의 마음을 생

각하지 못했다. 엄마가 어떠한 얼굴을 하고 내 옆을 지켰는
지도 제대로 보지 못했다.

그는 내게 미안하다 했다

병 때문에 무엇이 불편하셨나요, 어떤 것에 제약이 있으셨나요, 하고 물으면 이상하게도 고통을 감내하던 수많은 날들보다 그날이 떠오른다. 예상치 못한 상처를 받아야 했던 날. 외상보다 내상이 더 아픈 것인가 했던, 사람의 눈빛이 한순간에 식는 것을 바라보았던 날.

스물여덟쯤의 일이다. 연애를 안 한 지 2년 정도 지났을 때였다. 대학 동기가 누군가를 소개해주고 싶다 했다. 생판 모르는 '남'을 만났다. 이 세상에 나라는 사람이 살고 있다는 사실조차 모르는, 그런 남.

그동안 적지 않게 연애를 해왔는데, 연애 상대의 교집합을 굳이 찾아보자면 나를 오래 봐온 사람이라는 것이었다. 대학 동기도 그랬고, 직장에서도 1년 이상은 옆에서 지켜본 사람이었다. 하나의 무리에 속해서 서로에 대해 충분히 알 수 있는 시간을 가진 사람들.

연애는 어렵지 않았다. 그들은 나의 아픈 곳이 어딘지 알았고, 몸이 좋지 않으면 어떤 표정을 짓는지, 어떤 말을 하면서 괜찮은 척 넘기는지, 다 알아채고 곁을 지키며 든든한 친구가 되어주었다. 그래서 그동안 딱히 누군가를 소개받을 일이 없었다.

소개받은 이 남자가 내게 얼마나 호감이 있었는지는 첫 만남부터 파악할 수 있었다. 어제 출장 때문에 전주에 다녀왔다며 전주 초코파이를 내밀고(사랑할 뻔했다. 맛있는 거 주면 마음이 약해진다.), 집 앞까지 굳이 데려다준다 했을 때도 눈치챌 수 있었다. 하지만 집에 들어와서 제일 먼저 든 생각은, 상대의 과도한 친절에 더욱 또렷해진 생각은 이거였다.

"내 병을 도대체 언제 말하지?"

물론 처음부터 말할 수도 있었다.

"사실은 제가 아픈 곳이 하나 있는데요. 뭐, 큰 병은 아니고. 아, 물론 큰 병이라 생각하면 큰 병이긴 한데…"

너무 TMI 아닌가? 상대방이 내게 물어보지도 않은 말들을 주절주절 내뱉는 내 모습이 달갑지 않았다. 다음 번에 말하면 되려나? 그런데 뭔가 웃겼다. 상대방이 나를 만나고 싶다고 이야기를 한 것도 아닌데 무턱대고 "아, 사실은 알아야 할 정보가 있습니다"하며 말한다는 것이. 그럼 정식으로 교제를 하게 되면 말할까? 아니면 만난 지 반년 정도 지나서? 아무리 생각해도 반년은 아닌 것 같았다. 소개해 준 친구의 얼굴이 둥둥 떠올랐기 때문이다.

그때 알았다. 20대 후반이라는 나이는 적지 않은 나이임을. 건강을 제쳐두고 단순하게 사람을 만날 수 있는 나이가 아닐 수도 있다는 것을. (물론 그렇지 않은 사람들도 있다는 것을 안다.)

세 번째 만났을 때, 결국 말했다. 주치의 선생님이 내게 "독감이네요" 정도의 건조함으로 말했던 것을 떠올리며 비숫한 말투로 아무렇지 않은 듯 이야기했다. 이러한 병을 가지고 있고, 계속해서 약물 치료를 하고 있다고. 심각하게 받아들인다면 심각할 수도 있지만, 오랫동안 앓아서 친구처럼 지내고 있다고 친절히 설명했다.

그리고 남자의 눈이 하트에서 동태눈으로 변하는 것을 내 눈으로 지켜보았다. 잔인한 순간이었다. 손톱으로 괜한 다리를 꾹꾹 누르며 되감기 버튼이 있으면 좋겠다는 생각을 했다. 주저앉아 손으로라도 뱉은 말을 퍼담고 싶었다.

그는 내게 미안하다 했다. 집안에 아픈 사람이 있어 건강한 사람을 만나고 싶다고. 간호가 얼마나 힘든지 안다고.

아니, 저 지금 간호해 달라고 한 거 아닌데요. 저 혼자 알아서 잘 하는데요. 제가 그 집안 사람이 된다고도 안 했는데요. 이거 선 아니잖아요? 결정적으로 우리는 아직 연애를 시작하지도 않았다고요!

치가 떨렸다. 내가 이제껏 얼마나 곧게, 바르게 쌓아 올린 탑이었는데 당신이 뭐라고, 나에 대해 얼마나 안다고 이걸 무너뜨리나 싶었다.

시간이 많이 지난 지금 생각하면 남자의 말도, 사정도 다 이해된다. 결혼을 생각할 때는 그 사람의 모든 것을 볼 수밖에 없으니 이왕이면 건강한 사람이 좋은 것이 당연하다. 나 역시 그랬을지 모른다.

　하지만 그 남자의 눈빛은 그 후에도 한동안 머릿속에서 사라지지 않았다. 내가 새로운 사랑을 시작하려 하거나, 새로운 일을 할 때마다 멈칫하고 주저하게 만들었다. 건강이 얼마나 중요한 것인지 자꾸 상기시켰다. 한 번도 병이 내 약점이라 생각해 본 적은 없었는데, 어쩌면 약점이 될 수도 있겠구나 슬픈 생각이 들었다. (물론 약점으로 보지 않는 사람들이 있기에 그 후에 연애 잘만 했다.)

밀물이 가면, 썰물이 찾아온다

병은 몸도 갉아먹지만 때론 정신도 갉아먹는다. 허락하지 않았는데도 멋대로 들어와 모든 일상을 무너뜨린다. 그렇기에 병과 함께 인생을 계획하는 것은 생각보다 어렵다. 제약을 견디며 모래성을 쌓아도 한순간에 밀물이 밀려와 사라지기 일쑤다. 그럴 때면 나 역시 화가 나곤 했다.

"나아질 거야" 말하는 누군가의 위로에 "네가 뭘 알아"라고 대답하고 싶었다. 이 병은 나아지지 않는대. 모르면서 대충 말하지 마. 가시 돋친 말들을 차마 내뱉지 못하고 입안에서 한참을 굴리다 삼켰다.

"신은 견딜 수 있을 정도의 아픔만 주신대"라는 말을 들었을 때는 신의 주소를 알아내 당장 찾아가 화부터 내고 싶었다. 도대체 무얼 보고 내게 이걸 견딜 힘이 있다 생각하신 거냐고. 나는 이 병을 극복할 수 있는 만큼의 넓은 마음도 건강한 체력도 아무것도 없다고.

밀물에 휩쓸려 무너져버린, 물에 섞여 사라져버린 모래성을 허탈한 마음으로 바라본다. 하지만 신기하게도 시간이 지나면 썰물이 찾아온다. 밀물이 가면 썰물이 오고, 썰물이 가면 밀물이 온다. 계속 반복되는 일상에 커졌던 화도 점차 가라앉는다.

이제는 그 남자의 눈빛도 떠올리려고 해야 생각날 뿐 많이 희미해졌다. 썰물 때가 되면 또 모래성을 쌓는다. 무슨 일이 있었냐는 듯, 담담하고, 묵묵하게. 달라진 것은 없다는 표정을 하고.

그래서 이 과정을 고스란히 겪은 사람들을 존경할 수밖에 없다. 만성질환을 겪고 있는 사람들이 얼마나 강인한 사람들인지. 얼마나 고된 시간과 싸우며 서 있는지. 우리가 그냥 아픈 사람으로만 치부되는 것을 나는 차마 지켜만 볼 수가 없다.

무너지면 또 쌓으면 되지

그렇다면 건강을 이미 잃은 사람들은 어떻게 하면 좋을까? 매일 면역을 낮추기 위해 약을 먹는 사람은 건강함을 목표로 살지 못하는 것일까?

아니다. 우리는 건강할 수 있다. 다음 번 밀물이 밀려오는 시간을 체크하고, 썰물 때를 기다리면 된다. 나는 몇 번의 반복 끝에 모래성을 빠르게 짓는 방법을 익혔다. 어차피 금방 사라질 수도 있으니 정교함은 포기했다. 시간 내에 내가 할 수 있는 만큼의 품만 들인다. 그렇게 지은 모래성을 두고 사진도 찍고, 눈에도 담는다. 어느새 또 밀물이 몰려와 사라지는 것을 보며 생각한다. 다음에는 새로운 모양으로 쌓아 봐야지.

그러려면 무엇보다 중요한 것은 '건강한 정신'이다. 내 몸을 내가 컨트롤 할 수 없을 때가 있지만 그것에 굴복하지 않는 정신. 이겨낼 수 있다는 희망. 무너져도 또 쌓으면 되지 생각할 수 있는 긍정적인 마음.

나열해 놓으니 너무 뻔한 말이라 와닿지 않을 수 있을 것도 같다. 그럼 이렇게 말하면 어떨까. 마음까지 먹히지 마세요. 정신까지 병에게 빼앗기지 마세요.

생일 케이크에 초를 꽂고 손깍지를 끼고 정성스레 기도할 때, 모두 내 첫 번째 소원이 '아픈 몸을 건강해지게 해주세요'일 것이라 지레짐작한다. 그런데 나는 성인이 된 이후 단 한 번도 몸의 건강을 소원으로 빈 적이 없다. 기도해서 이루어질 것이었으면 몇 십 년 동안 빠짐없이 성당을 나가고, 매일 기도하는 엄마의 간절함을 안 들어주셨을 리가 없다.

나는 늘 이렇게 기도한다.

건강한 정신을 갖고 살게 해주세요. 편치 않은 몸을 평온한 정신이 지배할 수 있게 해주세요. 제게 그것만은 허락해주세요.

건강한 몸보다 중요한 것은 건강한 정신이다. 나는 그것을 안다.

나는 생각보다
무서운 약을 먹고 있었다

악마의 약

올해 방영된 드라마 『닥터 차정숙』에서 주인공 차정숙은 간 이식 수술을 받고도 의사 생활을 해나간다. 그러던 중 낯빛이 점점 어두워지고, 결국 다시 간이 안 좋아졌다는 이야기를 듣게 된다. 이 때 주치의가 일단은 스테로이드제를 복용해 보자 한다. 나는 이 대사를 듣고, 시청자 반응이 어떤지 궁금해 네이버 실시간 톡에 들어가 보았다.

아니, 결국 처방해 주는 게 스테로이드라고ㅋㅋㅋ?
난 또, 뭐 되게 대단한 거 말해주는 줄.
스테로이드ㅋㅋㅋㅋㅋㅋㅋㅋㅋㅋㅋ

사람들은 모른다. 그저 많이 들어본 단어니까, 매체에

자주 등장하는 약이니까 쉽게 이야기한다. 스테로이드가 얼마나 사람을 고통스럽게 하는 약인지. 내가 이 약을 먹지 않기 위해 주치의 선생님과 얼마나 씨름하는지 모른다. 나는 이 약을 '악마의 약'이라 불렀다.

자가면역질환자들은 주로 약물 치료로 병을 관리한다. 면역 억제제와 스테로이드제가 제일 흔하게 쓰이는 약이다. 나는 면역 억제제 중에서는 MTX▪를 스테로이드제 중에서는 소론도▪를 복용했는데, 진료 때마다 선생님은 늘 이 말을 덧붙이셨다.

"임신 가능성은 없죠?"

처음에는 이 질문이 왜 나오는지 몰랐다.

"네? 임신이요?"

대학생에게 매번 임신 가능성을 묻는 것이 이상했다. 하루는 궁금해서 물었더니, 임신 가능성이 있다면 약을 바꿔야 한다 했다. 지금 먹는 약은 태아에게 안 좋은 영향을 준다고.

집에 와서 또 초록창에 검색했다. 편리한 세상. 그리고 알게 되었다. 내가 먹고 있는 약의 부작용이 이렇게나 많다는 것을.

선생님은 내게 한 번도 A부터 Z까지 일러준 적 없었다. 환자에게 닿는 공포를 생각해서 일부러 말하지 않았을 수 있다. 다양한 부작용이 있을 수 있다고는 해줬으나, 친절히 그 부작용이 이런 것이라고 나열해주지는 않았다.

나는 생각보다 무서운 약을 먹고 있었다.

면역 억제제에 대해 처음 알게 되었을 때는 황당했다. 면역을 높이려고 한다는 얘기는 들어봤어도 면역을 일부러 낮추는 약이 있다니. 다들 면역 때문에 비타민이고 홍삼이고 먹는 건데. 심지어 면역 억제제는 면역 반응을 억제함으로써 자가 면역 증상을 완화시키지만, 동시에 또 다른 감염이나 암 발생 가능성을 높인다. 병을 막기 위해 또 다른 병에 걸릴 위험을 감수해야 하는 것이다.

하지만 이 약보다 더 무서운 것은 스테로이드제였다. 병이 활발히 움직이는 시기가 되면 면역 억제제에서 스테로이드제로 약을 바꿔야 한다.

　2009년 봄, 처음으로 스테로이드제를 복용한 지 일주일이 지난 날이었다. 아침에 일어나니 손가락이 퉁퉁 부어 양손에 낀 반지가 버거워 보였다. 한참 동안 반지를 빼보려 노력하다 포기하고 세수를 했다. 수건으로 얼굴을 닦다 거울을 통해 보았다. 며칠 사이에 많이 부은 듯한 얼굴. 몸이 안좋나, 왜 이렇게 붓지. 대수롭지 않게 생각했다. 일주일이 지나서야 그냥 부은 게 아니란 걸 알게 되었다. 쿠싱증후군◆. 문페이스라고 불리는 스테로이드제의 대표적인 부작용이었다.

- MTX(면역 억제제의 한 종류)

면역계 억제제로 암, 자가면역질환, 자궁외 임신의 치료, 의학적 낙태를 위해 사용된다. 주로 유방암, 백혈병, 폐암, 림프종, 골육종 치료 약물로 쓰이고 있고 부작용으로는 구역질, 피곤, 발열, 감염 위험의 증가, 백혈구 감소 등이 포함되며 간 질환, 폐 질환, 림프종, 심각한 피부 발진이 포함될 수 있다.

- 소론도(스테로이드제의 한 종류)

항염증 효과 및 면역 억제 효과를 가지는 약물로, 염증을 빠르게 완화시키고 림프계의 활성을 감소시켜 면역 반응을 억제하는 역할을 한다. 빠르게 완화하는 대신 부작용이 큰데 체중 증가, 피부 질환, 혈당 수치 상승, 호르몬 부작용, 쿠싱증후군, 당뇨 등이다.

- 쿠싱증후군

부신피질에서 당질 코르티코이드가 만성적으로 과다하게 분비되어 일어나는 질환. 부신 종양에 의한 것인 경우가 많고 대부분 악성 종양, 암의 원인이 되기도 한다. 그 밖에 치료를 위해 오랜 기간 당질 코르티코이드를 복용한 경우 외인성 쿠싱증후군이 유발되기도 한다. 쿠싱증후군 환자는 얼굴이 달덩이처럼 둥글게 되고, 비정상적으로 목 뒤에 지방이 축적되며(물소혹), 배 또한 지방이 축적되는 반면 팔다리는 오히려 가늘어진다. 얼굴이 붉어지고 피부가 얇아지며 혈압, 혈당의 상승, 골다공증, 골절과 같은 신체 변화가 나타난다. 또한, 근력의 저하, 우울증이나 과민성 등 심리적 증상이 나타날 수 있고 심한 경우 정신병 증세를 보이기도 한다.

친구는 나를 보았지만, 알아보지 못했다

스물둘. 예뻐 보이고 싶은 나이였다. 남들처럼 치장하는 것 좋아하고, 옷 입는 것도 좋아했다. 하지만 변해버린 모습의 나는 무얼 해도 예쁘지 않고, 무얼 걸쳐도 태가 나지 않았다. 휴학을 해서 차라리 다행이란 생각을 몇 번이나 했는지 모른다. 누군가를 보지 않아도 돼서. 만나지 않아도 돼서.

그렇게 숨어 있던 어느 주말 오후, 친구에게 연락이 왔다. 본 지 오래되었다며 보고 싶다는 말에 세 번쯤 고민하다 알겠다 답했다. "네가 몸이 안 좋으니 집 앞으로 갈게." 메시지를 받고 집 앞 카페에서 커피를 시켜놓고 친구를 기다렸다.

몇 분이 지났을까. 친구가 들어오는 것이 보여 살짝 손을 올렸다가 곧바로 내렸다. 소리 내어 부를 수 없었다. 친구는 날 보았다. 분명 보았지만 나를 알아보지 못했다. 내가 앞에 있는데도 여전히 나를 찾는 친구를 보게 되자 어쩌면 다시는 원래의 모습으로 돌아갈 수 없을지도 모른다는 불안감이 엄습했다.

그런 일이 있고 며칠 뒤, 고등학교 동창 모임에도 나갔다. 말이 동창 모임이지, 그냥 친한 친구들 여덟 명쯤 만나는 모임이었는데, 나갔던 이유는 하나였다. 내가 아픈 것을 모두 봐왔던 사람들, 길게 설명하지 않아도 되는 사람들이었기 때문이었다.

다행히 생각대로 여러 말 하지 않아도 됐다.

"얼굴이 왜 이래?"
"약을 바꿔서."
"괜찮아질 거야."

그러나 친구들의 표정에서 느낄 수 있었다. 내가 지금 많이 변했다는 것을.

"약 바꾸면 다시 돌아오겠지."

"지금도 귀여워, 귀여워."

괜찮지 않은 표정으로 괜찮음을 말하는 친구들. 지금에서야 말하지만 사실 하나도 위로가 되지 않았다. 나는 그날 그곳에서 억지로 밥을 꾸역꾸역 먹고, 하하 호호 웃으며 이야기하고, 헤어질 때 밝게 손 흔들며 인사하고, 집에 돌아와 먹은 것을 다 토했다. 그리고 처음으로 소리 내 울었다. 어떻게든 참고 견뎠는데, 고작 약 부작용 앞에서 무너져버린 내가 몹시도 싫었다.

그 뒤로는 친구들이 불러도 잘 나가지 않았다. 누군가가 보고 싶다는 메시지를 보내와도 미안하단 말로 거절의 말을 대신했다. 밖에 나갈 일이 있으면 모자를 쓰고, 두꺼운 옷을 입었다. 한겨울에는 목도리로 얼굴 반을 가렸다. 상처받기 싫었다. 놀라는 얼굴로 괜찮다 하는 것을 보고 싶지 않았다. 그렇게 지하 깊숙이 내려가 아무도 오지 못하게 꼭꼭 숨어버렸다.

원래의 나로 돌아가는 방법

매일 같이 이 약을 언제쯤이면 그만 먹을 수 있을까, 약 부작용은 언제 줄어들까만 생각했다. 아무도 뚜렷하게 알려주는 사람이 없었다. 그래서 내가 이 글을 통해 알려주고 싶다. 돌아갈 수 있다고.

외인성 쿠싱증후군은 약을 완전히 끊은 뒤, 그것도 몸속의 약이 모두 빠져나간 다음부터 나아진다. 나 같은 경우는 스테로이드제를 끊고 3개월이 지난 다음부터 서서히 원래의 몸으로 돌아갔다. 무엇보다 스테로이드제를 끊는 것이 중요하다. 그러기 위해서는 염증 수치가 다시 안정권으로 돌아가야 할 것이다.

물론 어렵게 염증 수치를 내려 스테로이드제 복용을 중단해도 언젠가 또 복용해야 할 때는 찾아온다. 수치는 올라갔다 내려왔다 알 수 없는 이유로 롤러코스터를 타니까. 나는 그런 병을 겪고 있으니까. 2013년 여름, 높은 염증 수치를 떨어뜨리기 위해 주치의 선생님은 또 한 번 스테로이드를 처방했다.

병실에서 어린아이처럼 떼를 썼다. 싫다고. MTX 약의 개수를 얼마든지 늘려도 좋으니, 이 약만은 먹지 않게 해달라고. 선생님은 단호했다. 조금만 더 늦었으면 죽을 뻔했다는 무서운 말로 지금의 위험성을 설명하며 나를 혼냈다.

약의 부작용보다는 병 자체를 생각해야 했다. 높은 수치를 빠르게 떨어뜨리려면 스테로이드제 말고 달리 방법이 없었고, 그렇게 또 스테로이드제를 복용하기 시작했다. 16알. 매번 수치를 체크하며 나아질 때마다 약의 개수를 줄일 수 있었다. 천천히 2개씩. 16알에서 14알, 14알에서 12알. 그렇게 0이 되고 다시 MTX 약으로 교체할 수 있을 때까지의 기다림은 길고 길었다. 스테로이드제는 장기 복용하면 부작용이 더 위험하게 나타난다. 되도록 장기 복용하지 않는 것이 좋지만 어쩔 수 없이 우리는 꽤 오랜 시간 함께였다.

하지만 사람은 적응의 동물. 두 번째 복용할 때는 마냥 숨어만 있지는 않았다. 나의 유일한 장점이라고 생각한다. 한번 겪은 일을 또 다시 같은 방식으로 반복하지 않는 것.

걷기 시작했다. 나가서 무작정 걸었다. 병원에서도 매일 산책로를 걸었고, 퇴원 후에는 짧게는 집 앞 공원을 몇 바퀴, 길게는 호수공원을 크게 한 바퀴 돌았다. 계절마다 변한 거리의 모습을 구경했다.

이것이 약의 부작용과 대체 무슨 상관이냐 할 수도 있다. 맞다. 나는 모른다. 약의 부작용을 어떻게 하면 줄일 수 있는지. 그래도 부작용에 얽매이지 않는 방법은 알게 되었다. 병이 몸도 모자라 마음과 머리까지 갉아먹는다 싶으면 무조건 나가서 걷는다. 시원한 바람을 쐬고, 자연이 내게 주는 풍요로움을 느낀다. 걷다 보면 이것을 계속해서 보고, 느끼며 살고 싶다는 욕심을 가지게 된다. 나를 환기하는 것은 고통과 함께 살아가는데 제일 중요한 일이다.

오늘도 걸었다. 가을 하늘이 높고도 예뻤다.

잘 자라는 말,
사랑한다는 말

수면제는 먹지 말고 옆에만 두세요

수면 유도제*와 수면제*를 달고 살았던 시기가 있었다. 아, 여행 갈 때마다 면세점에서 꼭 구매했던 멜라토닌 영양제*도.

무엇이든 먹어야 잠들 수 있었다. 물론 처음부터 약을 먹었던 것은 아니다. 수면제라는 것이 그렇게 쉽게 손이 가는 약은 아니니까.

잠들기 어려운 날들이 계속되자 제일 먼저 해본 것은 운동이었다. 몸을 힘들게 하면 잠이 오겠지! 고강도 필라테스를 주 5회 해봤다. 혹시 직장인에게 주 5회 운동이 얼마나 힘든지 알까? 집에 돌아오는 길, 한 마리의 연체 동물이 된다. 흐물흐물거리며 갈지자로 걷는다.

그렇게 도착해 개운하게 씻고, 침대에 눕고, 눈을 감는다. 푹신한 이불과 베개에 뿌려 놓은 필로우 미스트의 향, 암막 커튼으로 가려진 어두운 방 안, 그리고 나의 맑은 눈. 잠은 여전히 오지 않았다. 잠 오는 방법이 아닌 다음 날 더 피곤한 아침을 맞는 방법이었다.

그다음으로 찾은 방법은 반신욕이었다. 숲에 온 듯한 향의 입욕제와 함께 따뜻한 물속에서 노곤하게 있어 봤지만, 이 방법 역시 내게는 무쓸모였다. 고기 한 점에 상추를 석 장씩도 먹어봤고, 감태가 숙면에 좋다 해서 감태 환도 비타민마냥 몇 년을 먹었다. TV 프로그램에서 매일 한 잔씩 마시면 숙면에 좋다 하는 것을 보고 와인도 열심히 마셔봤다. 유튜브에서 유명하다는 ASMR도 들어봤고, 4-7-8 호흡법도 해봤고, 친구들이 알려준 '물 위의 카누 타기'도 해봤다. 두 눈을 감고, 온몸에 힘을 빼고, 카누를 타고 물 위를 둥둥 떠다니는 상상을 하는 것이다. 나는 그냥 몇 시간 내내 카누만 탔다. 그 모든 것을 다 해도, 결국 늦은 새벽에 몸을 일으켜 세워 약통을 열 수밖에 없었다.

처음 수면제 처방을 받을 때, 선생님은 먹지 말고 옆에 두기만 하라고 했다. "그럼 왜 처방해 주시는 거죠?" 나는 입을 삐죽였다. 선생님이 살짝 미소 지으며 플라시보 효과 같은 거라고 했다. 옆에 약이 있으니 언제든 먹으면 되지 하는 생각으로 일단 두기만 하라고 당부했다.

그 말의 의미를 시간이 지나서야 알게 되었다. 내성이란 것은 참 무섭다. 처음에는 멜라토닌이나 유도제만으로도 잠이 오다 몇 년째 불면이 지속되니 수면제가 아니면 잠들지 못하게 되었다. 처음에 반 알씩 나눠 먹던 수면제는 나중엔 한 알 반을 먹어야 잠들 수 있었다.

- 수면 유도제

일반의약품으로 분류되어 약사의 복약 지도만 있으면 의사의 처방 없이 약국에서 구입 가능하다. 두세 시간 정도의 효과가 지속된다.

- 수면제

전문의약품으로 의사의 처방 없이 구입할 수 없다. 적게는 네 시간에서 길게는 열두 시간까지 효과가 지속된다.

- 멜라토닌 비타민

수면 호르몬인 멜라토닌이 들어있는 보충제. 미국에서 처방 없이 살 수 있으나 한국에서는 전문의약품이기에 처방전이 있어야 합법적으로 구매 가능하다. 많은 만성 불면증 환자들이 먹고 있으나 미국 수면 의학회는 멜라토닌이 만성 불면증에 효과가 있거나 안전하다고 추천할 충분한 근거가 없다 결론지었다. 적당량 단기간 복용하는 것은 안전하나 고용량을 장기 복용하면 두통, 위장 장애 등이 일어날 수 있다.

약을 먹지 않는 밤

처음 잠이 오지 않기 시작한 것은 통증 때문이었다. 무릎에 통증이 심할 때는 조금도 움직이지를 못한다. 퉁퉁 부어 있는 무릎 아래에 납작한 베개를 놓고, 양옆으로 작은 쿠션을 두른다. 한쪽 다리를 움직이지 못하게 가둬두는 것이다. 그렇지만 사람인 이상 조금의 움직임도 없이 잘 수는 없다. 살짝 움직일 때마다 아파 깨고 나면 다시 잠에 들기 어려웠다. 목 부분에 365일 있는 열감도 여름, 겨울, 계절 상관없이 나를 지치게 했다. 한겨울에도 선풍기를 켜고, 아이스팩을 목에 대고 자야 했다.

그러다 우연히 내가 먹고 있는 종류의 수면제가 나오는 다큐멘터리를 봤다. 사람을 좀먹는 약이 있다면 이것일까.

수면제를 오래 복용한 사람들은 밤에 일어나는 일들을 기억하지 못했다. 음식을 먹기도, TV를 보기도, 심지어 돌아다니기도 했지만, 다음 날 PD가 물어보자 기억에 없다 했다. 무서웠다. 계속해서 수면제를 복용한다면 나 역시 겪을지도 모르는 일이었다.

수면제를 줄이기 시작했다. 한 알 반에서 한 알, 그리고 반 알. 밤을 새우는 한이 있더라도 매일 먹지 않으려 노력했다. 음악을 들었다. 오아시스^{Oasis}의 샴페인 슈퍼노바^{Champagne Supernova}. 잠이 오지 않는 밤이면 BBC 선정 최악의 가사 7위에 뽑힌 이 노래의 가사를 외웠다. '하우 매니 라이브스 아리빙 스트레인지^{How many lives are living strange}'를 따라 불렀다. 책을 읽거나, 유튜브를 보거나, 친구들과 낮에 대화 나눈 채팅창을 다시 확인하거나, 사진첩에 들어가 괜히 사진 정리를 했다. 나 혼자 하는 놀이가 점점 늘어도 먹지 않았다. 물론 그렇게 하니 밤새고 출근하는 일이 잦아지고 업무 하다 실수를 하기도 했다. 그래도 먹지 않았다.

지금은 수면제를 먹지 않는다. 그렇다고 내 수면의 질이 좋다고 자랑하기는 어렵지만, 나를 놓치지 않기 위해 하는 노력이다. 무조건 수면제는 나쁘다고 말하는 것이 아니다. 의사의 처방에 따라 적당량 복용하는 수면제는 환자에게 더 좋은 영향을 줄 수도 있다. 하지만 수면제에 한번 발을 들여놓으면 다시 빠져나가기 어렵다는 것을 누구보다 잘 안다.

사랑하는 사람의 잠을 빌어주는 일

불면이란 참 신기하다. 처음에는 이유가 있어서 나타났다가, 나중엔 이유가 사라졌는데도 계속된다. 불면 자체가 불면의 이유가 되어버린다. 잠이 오지 않는 것을 걱정하느라 잠에 들지 못하는 이상한 일이 생긴다.

불면을 겪어본 사람과 겪어보지 못한 사람은 잠을 대하는 태도가 다르다. 다를 수밖에 없다. 삶에서 잠이 얼마나 중요한지, 머리를 대자마자 잠드는 것이 얼마나 행운인지 모를 테니.

나의 불면은 대학생 때 시작되었다. 처음에는 불면의 심각성을 깨닫지 못하고, 새벽에 마치 전 남친처럼 친구들에게 메시지를 남겨놓기도 했다.

"자...?"

새벽 3시. 아무도 깨어있지 않은 시간에 혼자 밤을 지키는 것은 외롭고, 쓸쓸했고, 괴로웠다. 주위를 둘러봐도 게임하느라 밤을 새우는 친구는 있었어도, 자고 싶은데 못 자서 다크서클을 달고 오는 사람은 없었다. 그러다 졸업을 하고, 직장을 가지고, 나이가 조금씩 들면서 한밤중에 메시지를 받기 시작했다.

"지영아, 나도 잠이 안 와."
"잠이 안 올 때는 어떻게 해야 해?"

오랫동안 불면을 겪어온 내게 다들 물었다. 잘 자는 방법에 대해서. 숙면을 취할 수 있는 루트에 대해서. 답을 해줄 수 없었다. 이 새벽에 너의 메시지를 읽고 있다는 것은 여전히 잠 못 들고 있다는 증거니까.

새벽은 적막하다. 불면증을 겪는 사람들은 누가 시키지도 않았는데 밤의 문지기를 자처한다. 그런 날이 지속되면 많던 식욕도 사라진다. 축 늘어진 몸과 초점 없는 눈으로 마치 로봇이 된 것처럼 걷는다. 그래도 일은 해야 하니까, 살아야 하니까 무언가를 찾아 입에 넣는다. 무슨 맛인지도 모르면서 저작 활동을 한다.

혹시 잠을 못 잤다는 이유로 남에게 예민하게 굴지 않을까 걱정하며 최대한 괜찮은 가면을 골라 쓰고 하루를 보낸다. 그렇게 집에 돌아와 또 뜬눈으로 보초를 선다.

가수 아이유는 불면증을 겪고 있던 시절 "잠을 잘 못 자는 나로서 사랑하는 사람에게 가장 하고 싶은 일은 숙면을 빌어주는 일"이라는 생각으로 「밤편지」라는 곡을 만들었다 했다. 이 곡이 대중에게 큰 사랑을 받은 것은 곡이 좋아서도 있지만, 이 마음이 무엇인지 아는 사람들에게 또 하나의 위로가 되었기 때문 아닐까.

내게도 "잘 자." 혹은 "좋은 꿈 꿔." 또는 "오늘은 잠에 들길 바라." 같은 인사는 사랑한다는 말과 같다. 나 역시 상대에게 잘 자라는 말을 할 때 어느 때보다 많은 마음을 담는다. 너는 깊은 잠에 들라고, 지금 잠에 들어 한 번도 깨지 않고, 악몽도 꾸지 않고, 아침 알람 소리가 들리기 전에 개운하게 일어나라고.

잠든 얼굴을 바라보는 마음으로

1년 전, 8년을 다닌 직장을 그만두었다. 안타깝게도 나는 8년이라는 긴 시간 내내 불면과 함께였다. 병 때문에 시작된 불면은 방송업계라는 밤낮없는 높은 강도의 업무를 만나 나아지긴커녕 더 심해졌다. 새벽에도 가끔 데이터 확인 차 회사에서 걸려오는 전화를 받았다. 새벽 두 시, 혹은 새벽 네 시 반, 겨우 들었던 잠에서 깨어나 업무 관련 질문에 제정신으로 답해야 했다. 물론 내가 하고 싶어서 한 일이다. 이 일을 좋아했는지도 모른다. 그러니 같은 일을 8년이나 하지 않았을까.

직장을 그만두고, 처음 맞는 주말. 창가에 쏟아지는 햇살이 화창하다 못해 따가웠다. 한낮에 침대 위로 올라가 자연스레 이불을 덮었다. 얇은 이불이 바스락거렸다. 누인 몸이 왠지 가벼웠다. 그렇게 긴장이라는 것이 한 톨도 없는 사람처럼 모든 것을 내려놓고 몇 시간을, 그것도 낮잠을 잤다. 평소에는 조그만 소음에도 벌떡 일어났는데, 엄마가 방문을 열었을 때도 깨지 못했다. 아마 살면서 가장 달콤했던 낮잠이 아니었을까 싶다.

엄마는 방문을 열었다가 내가 잠들어 있는 모습을 정말 오랜만에 보았다 했다. 조용히 거실에 있던 아빠를 불러 함께 문지방 위에 서서 다 큰 딸이 잠든 모습을 그렇게 오래 지켜봤다 했다.

누군가가 잘 자기를 바라는 마음, 숙면을 빌어주는 일, 잠든 사람의 얼굴을 가만히 바라보는 것은 다른 어떤 말로도 형언할 수 없다. 이것은 사랑이다.

모두가 고통과 무관한 편안한 밤을 보냈으면 한다.

버티는 삶에 대하여

운이 없는 사람

세상 사람들을 운이 좋은 사람과 나쁜 사람으로 굳이 나누다면, 나는 운이 그리 좋은 사람은 아니다. 보통 운이 좋지 않은데, 안 좋기 시작하면 끝없이 안 좋아진다. 가끔은 운이 지지리도 없는 사람이 된다.

2005년, 처음으로 병원에 입원해 매일 아침저녁으로 채혈을 7개씩 할 때다. 항생제에도 열은 내리지 않지, 계속해서 꽂혀 있는 링거로 팔뚝은 고등어처럼 퉁퉁 부어버렸지, 더 이상 혈관이 보이지 않아 링거를 발등에 꽂고 지내던 날. 간호사 선생님이 혈액 팩을 들고 병실로 들어왔다.

원래 피라는 것이 사라지면 몸속에서 다시 생성되어야

하는데 나의 몸이 피를 만들지 않고 있다며 수혈을 받아야 한다 했다. 병명을 찾으려면 많은 검사를 해야 하고, 그러기 위해 계속해서 채혈해야 하는데 피가 없다는 것이었다.

이게 무슨 소리죠? 혈액을 안 만들어요? 원래 이런 일이 흔한가요?

혈색소 농도의 정상 수치가 12g/dL인데 내 수치는 4g/dL까지 급격히 떨어졌다. 혈관이 보이지 않는 팔뚝에서 어렵게 혈관을 찾아 수혈을 받았다. 악재에 또 악재가 겹치는 상황. 갑자기 생긴 빈혈에 먹어야 하는 알약의 개수도 늘었다. 어쩌면 이때 내가 운이 없는 사람이라는 것을 받아들였는지도 모르겠다. 버팀의 시작이 이때부터였는지도.

병을 오래 겪어오니 이런 질문을 받을 때가 있다.

"시간이 지나면 조금 나아지나요?"

사람들은 왜 시간에 기댈까. 막막함에 기댈 것이 시간밖에 없어서일까. 이제 막 병을 진단받았거나 열심히 싸우고 있는 사람들이 주로 궁금해하는 것인데, 이 자리를 빌려서

솔직히 답하고 싶다.

아니오.

물론 나아질 수도 있지만, 아닐 수도 있습니다. 오히려 시간이 흐를수록 툭툭 튀어나오는 새로운 증상에, 내가 기껏 쌓아놓은 모래성이 한순간에 사라지는 것을 보고만 있어야 하는 상황에, 사람의 눈빛이 차갑게 변하는 것을 봐야 하는 일까지 있습니다. 나아지는 것보다는 안 좋은 상황들이 더 많이 생길 수도 있습니다. 이런 답변을 드려서 정말 죄송합니다.

요즘은 술을 마시면 발바닥이 붓는다. 원래 술을 잘 하지도 못하고, 가끔만 마시는데도 그렇다. 발이 퉁퉁 부어 디딜 수조차 없길래 설마 통풍일까 하여 요산 수치 검사를 했는데 아니란다. 그렇다면 범인은 이 아이, 타카야수 동맥염이다.

병을 거의 20년 앓았는데도 여전히 새로운 증상들이 날 괴롭힌다. 반년 전부터는 피부에 빨간 무언가가 올라온다. 스테로이드 연고를 한 통 다 썼는데도 사라지지 않는다. 자꾸 혈관이 여기저기서 터져 빨간 점들로 점박이가 되거나 멍이 생긴다.

이런 증상들은 시간이 지나면 지날수록 나를 더 힘들게 할 뿐, 익숙해지지도 나아지지도 않는다. 내일 자고 일어나면 또 무슨 증상이 생길까, 이 피부 염증은 도대체 왜 생기는 것일까, 약 부작용일까, 병의 증상일까. 계속해서 생각은 꼬리를 물고 두려움 속에 나를 가둔다.

혼자가 아니었기 때문에

홀로 버티고 있다고 생각했다. 온갖 증상을 계속해서 겪어야 하고, 이 모든 감정을 완전히 느끼고 있는 사람은 나밖에 없으니까.

그러나 사실 함께여서 버틸 수 있었는지도 모른다.

어린 날, 병실에 앉아서 할 수 있는 것이 창밖 보는 것밖에 없던 그 날들. 시계가 4시를 가리키기 시작하면 마음이 분주해졌다. 5시가 조금 넘으면 친구들이 병실에 왔다. 학교에서 신던 삼선 슬리퍼를 질질 끌고 조금 흐트러진 차림새로.

내 베드와 간병인 베드에 걸터앉아 오늘 학교에서 무슨 일이 있었는지 떠들었다. 영양가 하나 없는 이야기였지만 그 속에서 나는 웃었다. 저녁 시간이 되면 내 식판에 있는 밥을 맛본다는 핑계로 같이 나눠 먹었다. 한 입씩 뺏어 먹으니 내 몫이 얼마 남지 않았지만, 그것마저 좋았다. 그렇게 실없는 소리를 하다 야자 시간이 다가오면 슬슬 일어나 "내일 또 올게" 하고 학교로 돌아갔다.

석식 시간 밥 먹는 것을 포기하고 내게 오던 친구들을 보며 그때의 나는 무슨 생각을 했을까. 친구들이 학교로 돌아가 매점에서 대충 빵을 사 먹으며 늦은 밤까지 공부할 것을 알면서도 왜 그만 와도 된다는 소리를 하지 못했을까.

병원 앞에는 나의 최애 설렁탕 집이 있다. 진료나 검사가 끝나면 늘 그 집에서 설렁탕을 먹었다. 엄마와 같이 먹기도, 혼자 먹기도, 웃으며 먹기도, 눈물을 꾹 참고 먹기도 했다.

스물여섯이었던 그날도 병원 밥이 지겨웠고 병실에서 설렁탕을 사러 간 엄마를 기다리는 중이었다. 얼마간의 시간이 지나고 병실 문을 연 것은 엄마가 아닌 다급한 표정의 주치의 선생님과 레지던트 선생님이었다.

"조금만 더 늦었으면 죽을 뻔했잖아!"

주치의 선생님이 겨우 찾은 검사 결과를 열심히 설명했다. 하지만 들리지 않았다. 그때 내 눈에는 선생님 뒤로 설렁탕이 담긴 봉지를 들고 파들파들 떨고 있는 엄마만 보였다.

자식이 죽을 뻔했다는 이야기를 들으면 부모는 어떤 얼굴을 하는지 혹시 알까. 어떤 표정으로 서 있는지, 몸에 어떠한 떨림이 있는지.

주치의 선생님이 나가자 엄마는 내 앞에 포장해 온 설렁탕 봉지를 내려놓으며 엉엉 울었다. 아이처럼.

"괜찮아. 찾았다 하잖아."

어금니를 꽉 물고, 봉투의 매듭을 풀었다. 아직 따뜻한 온기가 전해지는 설렁탕을 코를 훌쩍이며 기어코 먹었다. 평소보다 더 오래 꼭꼭 씹었다. 엄마의 그 표정이 잔상으로 오래 남을 것 같다는 생각을 하며.

지나온 시간을 한 단어로 표현하자면 버틴다는 단어밖

에 떠오르지 않는다.

나는 버텼다. 시간을 버텼고, 사라지지 않는 고통을 버텼고, 살기 위해 버텼다.

홀로 버텼다고 생각했는데 시간이 지나고 보니 혼자 버틴 것이 아니었다. 늘 누군가와 함께였다. 버스정류장 길 건너에서 날 향해 달려오던 남동생, 현관문 밖으로 나갔다가 다시 돌아와 아파서 꼼짝 않고 누워있는 내게 '빨리 들어올게' 하던 언니의 목소리, 병실에 들를 때마다 가득 놓고 가던 아빠의 초콜릿, 엄마와 병동에서 매일 밤 지켜봤던 달, 늘 나를 걱정하던 친구들의 얼굴.

내 시간을 함께 살아온 사람들이 있다는 것만으로, 내가 버티는 것을 지켜봐주고 기다려주는 사람이 있다는 것만으로도 버티는 힘은 배가 된다. 그래서 여태껏 버텨냈다는 것을 나는 뒤늦게서야 알았다.

오늘의 사랑을 말하기

 시간이 해결해 준 것은 없지만, 나이가 들며 달라진 것은 있다. 여전히 나도 아프고, 이제는 나의 주변도 아프다는 것이다.

 어릴 때야 억울함에, 왜 하필 나일까 하는 생각에 스스로를 갉아먹었지만, 이제는 다르다. 내 친구도 아프고, 내 친구의 친구도 아프고, 누구는 갑상선이 안 좋고, 누구는 신장이 안 좋고, 누구는 공황장애고. 모두가 아프다. 지금 이 세상을 살아가는 많은 이들이 아프다.

 다들 아프니까 내 아픔도 괜찮다는 말을 하려는 것이 아니다. 다 같이 버티고 있으니 나 역시 버틸 수 있다는 것이다.

아픔의 이유가 다양하듯 버티는 방법 또한 사람마다, 처해 있는 환경에 따라 다르다. 나의 방법은, 방법이라고 하기에는 너무나도 작은 무엇이긴 하지만 '하루를 안온하게 보내는 것'에 있다.

이게 무슨 소리일까 싶지만, 병과 함께 매일을 보내다 보면 그 하루에 온전히 집중해야 한다는 것을 깨닫는 때가 온다. 우리에게 내일은 내가 원하는 색으로 오지 않을 수도 있고, 내가 감당할 수 없는 크기일 수도 있다. 어쩌면 아예 오지 않을 수도 있다.

매일 거울 셀카를 보내야 하는, 귀여운 동생들이 모여 있는 단체 채팅방이 있다. 나는 셀카뿐 아니라 사진 자체를 잘 찍어 올리는 편이 아니어서 제때 보내는 날이 별로 없다. 채팅방에는 오후쯤 되면 "언니 사진은?" 하는 메시지가 올라온다. 안 보내면 내일은 2장을 보내야 한다.

오늘 내 몰골이 별로이고, 심지어 아파서 힘 하나 없어도 아무도 없는 엘리베이터나 화장실을 찾아 거울을 보며 사진을 찍어 보낸다. 그럴 때면 어이가 없어서 웃음이 나온다. 서로의 하루가 평온하길 바라며 자주 볼 수 없는 얼굴을 매일 투척하는 이 일이 어쩌면 내 삶을 지탱하고 있는 것 아닐까 하는 생각을 한다.

언제부터인가 사랑한다는 말이 오글거림으로 치부돼서일까. 사람들은 사랑을 자주 이야기하지 않는다. 나라고 뭐 달랐을까. 누군가가 하는 '사랑해'라는 고백에도 당황해하며 "어…? 어…. 나도… 조…, 좋아해." 라고 답하곤 했다.

그게 뭐 그리 어려운 말이라고. 나이가 들수록 부끄러운 것이 없어지기도 했지만, 사랑은 사랑 자체로 전하지 않으면 닿지 않는다는 것을 깨닫게 됐다.

우리의 하루는 평범하길 바라지만 뜻대로 되지 않는 날이 더 많다. 행복하자를 입에 달고 살지만 불행할 때도 있고, 하루 종일 웃었지만 사실은 지쳤던 날도 있다. 그럴 때, 누군가에게 나의 존재가 사랑이 되지 않고 그냥 지나가는 날이 많을 것이다.

그래서 언젠가부터 대화를 하다가도 뜬금없이 사랑을 말한다. 주제에 전혀 관련 없을지라도. 오늘 네 존재가 나의 사랑이었다고. 차마 못 한 말들을 그냥 고여 있게 두지 않으려 애쓴다. 그것이 나의 조용하고도 편안한 하루를 만든다.

버티는 사람들을 본다

버틴다는 말을 약하다는 뜻으로 받아들이는 사람들이 있다. 즐겁게 사는 것의 반대말처럼 느껴지니 우울해 보이거나 슬프게 들린다고도 한다. 나에게 삶은 버팀의 연속인데. 이 단어를 빼고 나를 설명하기는 힘들 것 같은데.

나는 버틴다는 단어를 좋아한다. 삶을 버티다 보면 얻는게 있으니까. 드라마나 책에서도 주인공이 위태위태하다 끝내 버텨내는 이야기를, 역경을 딛고 일어나 삶을 살아내고, 길을 잃어도 결국 옳은 길을 찾아가는 스토리를 좋아한다.

버티는 사람들 역시 좋아한다. 어딘가 매체에 나와 지난시간을 돌아보며 지금 행복해요, 아무것도 아닌 일이 되어

버렸어요, 하는 사람들보다 지금도 힘들지만 버티고 있어요, 내게 버틸 힘이 있다는 것을 알아요, 하고 말하는 사람을 더 좋아한다.

버틴다는 것은 강한 것이다. 마치 몸의 근육과도 같다. 버티는 힘이 강해질수록 무서울 것이 없다. 어떤 풍파가 몰아쳐도 도망치거나 회피하지 않고 최대한 유연하게 그 상황을 맞서는 힘.

'버티다'가 약하다는 의미가 아님을, 슬픈 단어도 아님을, 오히려 강하디 강한 말이라는 것을 많은 사람이 알아주었으면 한다.

나는 오늘도 버티는 사람들을 본다.

오늘도 무사히
일하기 위해서

아마 몰랐을 것이다,
내가 아픈 사람이라는 건

내 혈관은 눈치가 없다. 물론 무릎도, 심장도, 어깨도. 그냥 몸 자체가 눈치가 없다. 꼭 아프지 않았으면, 무사히 하루가 지나갔으면 하고 바라는 날에 마치 나를 비웃기라도 하듯 통증을 일으킨다. 중요한 날을 망치는 재주 하나는 정말 뛰어나다.

"아..."

작은 신음과 함께 아침을 맞이했다. 팔을 움켜잡은 채 서둘러 약통에서 약을 꺼내 입에 털어 넣었다. 새벽에 살짝 아프긴 했는데 말 그대로 살짝이어서, 계속 자고 싶어 몸을 일으키지 않은 것이 화근이었다. 억지로라도 일어나 소염 진통제를 먹었어야 했다.

휴대폰을 손가락으로 한번 톡 건드리자 액정 화면이 켜지며 오늘이 며칠인지, 지금이 몇 시인지를 알렸다. 그제도 있고, 어제도 있는데 왜 하필 오늘. 당일에 아파서 못 간다 하면 누가 믿어줄까. 내가 들어도 꾀를 부리는 것 같은데 말이다. 얼굴을 찡그린 채 겨우 씻고, 연구원으로 향했다. 대학 졸업반이었다.

문헌정보학을 전공했고, 사서 경력이 필요해 연구원 자료실에서 일을 배울 때였다. 자료실 테이블 위 탁상 달력에는 몇 주 전부터 빨간 동그라미가 쳐져 있었다. 서가 교체 날. 서가 교체는 많은 노동이 필요한 일이다. 이미 꽂혀 있는 책들을 모두 빼내고, 새 서가를 들여오고, 다시 청구기호에 맞춰 도서를 정리해야 하는 일이니. 하지만 연구원 자료실 특성상 사서의 수는 많지 않았고, 이 일을 담당할 사람은 아직 사서가 되지도 않은 나를 포함해 겨우 셋뿐이었다.

팔을 한 번 올릴 때마다 숨을 골랐다. 카트에 있는 책을 다시 서가에 꽂을 때마다 입술을 힘껏 깨물었다. 그렇게 종일 부지런 떨어서 서가 교체 작업을 완료했다. 하지만 두 선생님은 아마 몰랐을 것이다. 어깨 통증이 있었다는 것도, 팔을 들기 어려웠다는 것도. 내가 아픈 사람이라는 것 역시.

졸업 후 대학도서관 사서가 되었다. 사서 하면 다들 쉬운 직업이라 생각한다. 아, 그 앉아있는 사람? 책 많이 읽으니 좋겠네? 보통 이런 말을 듣는다. 내 병에 알맞은 직업 같다는 소리도 들어봤다. 하지만 사서들은 안다. 사서란, 사서 고생하는 직업인 것을.

나는 외국 도서 관리자였다. 외국 신작들과 연구, 학술에 관련된 도서 신청이 들어오면 선정하고 구매하고, 구하기 어려운 도서들을 아마존에서 찾아 중고본으로 들여오는 일이 주업무였다. 그 외에 주제 전문 사서를 도와 논문 자료를 같이 찾거나, 도서관 내 이용자를 응대하고, 근로 학생을 관리하고, 독서토론회를 맡아 매달 유명 작가를 모시고 행사를 진행했다. 도서관 디스플레이에 나오는 포스터 역시 내가 만들었다. 5시 반 퇴근인데 5시에 일을 주는 상사도 있었고, 내일이 공휴일인데 내일까지 메일을 보내놓으라는 상사도 있었다. 모든 직장인들처럼 나에게도 일이 결코 쉽지는 않았다.

그렇게 평생 사서 일을 할 줄 알았는데 인생은 역시 예상할 수 없다. 한쪽 눈이 보이지 않는 증상이 나타나며 결국 그만두게 되었다. 좋아한 직업이었는데, 아쉬웠다.

해봐야 알 것 같았다

창가에 초록 잎이 무성했던 8월, 병원복을 입고 시간을 보내던 중 휴대폰 메일 알람이 울렸다. 과거에 관심 기업으로 등록해 놓았던 외국계 리서치 기업에서 채용 공고가 난 것이다.

메일을 읽자마자 엄마에게 집에서 노트북을 가져다 달라 부탁했다. 고민이라는 것을 원래 모르는 사람처럼 병실 베드에 앉아 아무렇지도 않게 이력서와 자소서를 쓰기 시작했다. 지원한 뒤 일주일쯤 지나자 메일 한통이 도착했다. 서류 합격, 1차 면접 일정 메일이었다.

그제서야 입고 있는 병원복이 보였다. 아, 맞다. 나 환자였지. 나는 가끔 이렇게 일을 저지르고 나서야 상황 파악을 할 때가 있다.

친구 둘에게 합격 소식을 전했다. 물론 반응은 썩 좋지 않았다.

"미친 거야?"
"가고 싶었던 곳이기도 하고…."
"너 지금 병원이야. 알고 있지?"
"알고 있지."
"너 마음 모르고 그냥 이야기하는 거 아냐. 네가 어떤 상태로 그동안 일을 했을지, 아프고, 병원 다니고, 안 아픈 척하고 그랬을 때 마음이 어땠을지 생각하면…. 사망 직전이라고만 안 들었어도 이렇게까지 말 안 하겠는데, 나는 너 죽으면 못 살아. 이런 사람들 생각해서 다시 생각해."

친구들은 단호하게 반대했다. 제발 도전이고 뭐고 몸이 조금 나아지면 하자고.

나는 어릴 적 호기심 많은 아이였다. 엄마가 "다리미 뜨거워. 만지지 마." 하면 얼마나 뜨거운지 꼭 손을 데어봐야

직성이 풀리는 아이. 하지 말라는 것은 해보고 나서야 왜 하면 안 되는지 이해하는 아이.

그러니 이번에도 해봐야 알 것 같았다. 내가 이 일을 버틸 수 있을지 없을지는. 다들 불가능이라 하지만 어디서부터 어디까지 불가능이고, 어디까지는 가능일지.

집에 잠시 다녀온다는 거짓말을 하며 외출증을 끊어 면접을 보러 다녀왔다. 면접을 보고 지하철 화장실 로커에서 다시 쇼핑백을 꺼내 옷을 갈아입고 병실로 돌아왔다. 그렇게 총 세 번의 면접을 보고 최종 합격했다.

여기까지도 무척 어려운 코스라 생각했는데 난관이 하나 더 있었다. 입사 예정일. 아직 퇴원도 하지 못한 상태에서 일을 벌인 것을 알면 주치의 선생님이 화를 낼 게 분명했다.

어떤 핑계를 대면 좋을까 고민하던 차에 회사에서 연락이 왔다. 인사 담당자는 1주일 뒤였던 입사 스케줄이 내부 사정으로 인해 2주 뒤로 밀렸다고 전했다. 나는 감사하다고 두 번 연달아 인사했다. 감사합니다. 감사합니다.

정말 감사했다. 몸을 회복시킬 시간이, 컨디션을 끌어올리는 시간이 생겼다. 운이 지지리도 없는 사람인 줄 알았는데 처음으로 신이 내 편을 다 들어준다며 웃었다.

직장 생활은 물론 쉽지 않았다. 스테로이드제 16알과 함께 했으니까. 나는 처음 보는 사람에게 굳이 내 병에 대해 이야기하지 않는다. 사실 나뿐만 아니라 많은 사람들이 그럴 것이다. 하지만 이직을 하니 제일 먼저 받는 질문은 "전 회사는 왜 그만뒀어요?"였다. 병을 빼고 답하기 어려운 질문. "아파서요. 눈이 보이지 않았거든요." 이렇게 말하면 사람들은 어떤 표정을 지을까. 어떤 말을 건넬까. 무슨 생각을 할까.

몸이 약한 사람으로 인식되는 것이 싫었다. 아프다는 이유로 누군가가 나를 색안경 끼고 보는 것을 참을 수 없었다. 한 사람의 몫을 온전히 다 해내는, 핸디캡 따위 없는 사람이고 싶었다. 그래서 그냥 일이 잘 맞지 않았다며 둘러댔다.

입사한 지 얼마 되지 않아 얼굴이 점점 붓기 시작했다. 문페이스 부작용이 또 나타난 것이다. 상사가 보톡스 부작용이냐며 농담을 해왔다. 웃음으로 답을 대신하며 일을 배웠다. 이미 경험해봤던 일이라 울지는 않았다.

왜 쓰러졌는지, 이유는 모른다

　새 회사에서 모든 일은 퀘스트*였다. 물론 모든 직장인이 바쁘고 힘들 것이다. 다만 방송 데이터를 다루는 업계이다 보니 좀 더 빠르고, 바쁘게 돌아갔다. 업무량이 워낙 많아 주말에도 집에서 일과 씨름을 해야 했고, 공휴일이나 명절에도 주로 출근했다.

　간혹 여행을 가더라도 노트북과 함께였다. 제주도에서 태풍으로 비행기 결항이 되었는데도 새벽 비행기를 어렵게 구해 출근했다. 그렇게 하지 않으면 퀘스트를 깰 수 없었다. 퀘스트는 매일, 매시간 생성되었다. 이 회사에서 일하며 지낸 모든 시간이 내게 퀘스트였다.

일하는 내내 수치는 높아졌다가 낮아지기를 반복했다. 스트레스를 받으면 목의 혈관이 부었고, 숨쉬기 힘들었다. 심장이 아프고, 365일 열을 달고 살았다. 하루에 겨우 두세 시간 자고 출근했다. 그럼에도 버텼다. 여기서 포기하면 내가 이제껏 쌓아 올린 순간들이 너무 아깝지 않은가.

퇴근길이었다. 며칠째 잠도 제대로 못 자고, 회사에서 터진 이슈로 스트레스가 가득 쌓였었다. 오른쪽에 서 있는 사람의 향수는 우디향이고, 왼쪽에 서 있는 사람은 저녁으로 갈비를 먹었나 보네. 온전히 느낄 수 있을 정도로 붐볐던 지하철 안. 정신이 혼미해짐을 느꼈다.

잠시, 비틀. 지금이 무슨 역이지. 디지털미디어시티. 서 있는 채로 눈을 감았다. 30분만 참으면 내릴 수 있다. 30분이면 음악이 9곡 정도. 귀에 꽂고 있는 에어팟 볼륨을 더 높이려는 순간 또 비틀. 갑자기 온몸에 통증이 시작되었다.

누군가가 나를 붙잡고 땅 밑으로 가라앉듯, 이제껏 느껴 보지 못한 심한 고통이었다. 참고 참다 사람들 사이를 비집고 나가 대곡역에서 내렸다. 찬 바람을 쐬면 괜찮아질까 싶어 역 벤치에 반쯤 드러눕다시피 앉았는데 순간 구토가 올라왔다.

안돼. 제발. 나의 사회적 지위를 이렇게 망가뜨리지 말아줘. 정신을 겨우 붙잡고 두리번거리며 화장실 표지판을 찾았다. 저 멀리 돌아가면 에스컬레이터가 있지만 더는 시간을 지체할 수 없었다. 그렇게 남아있는 모든 힘을 짜내서 계단을 올랐다. 화장실을 향하여.

목적지에 도착하자마자 재빨리 문을 걸어 잠그고 먹은 것도 없는데 모든 것을 게워냈다. 위액으로 속이 쓰린 것은 신경도 쓰이지 않았다. 온몸의 장기가 나 여기 있어, 하며 내게 존재감을 드러내고 있었다. 마치 알람 시계 10개를 켜놓은 듯 몸이 울렸다. 주머니를 뒤져 휴대폰을 꺼내 전화를 걸었다.

"엄마, 엄마. 나 지금 몸이 이상해, 엄마."

엄마와 아빠는 집에서 저녁 준비를 하다 재빨리 나와 차에 시동을 걸었다. 역 근처 갓길에 차를 세우고 전화를 걸었지만 화장실 바닥에 얼굴을 맞대고 있느라 받지 못했다.

다행히 대학생이던 남동생이 집에 오는 길이었고, 마침 지하철 안이었다. 동생은 대곡역에서 내려 여자 화장실 안에 들어와 나를 불렀다.

"누나, 누나. 어디 있어, 누나."

동생에게 업혀 차 뒷좌석에 올라타 정신을 거의 잃은 채로 돌아왔다. 왜 아팠는지 이유는 모른다. 왜 그런 증상이 동반되었는지도.

원래 이 병이 이렇다. 병원에 가서 검사 수치만 괜찮으면, CT상으로 지난 번과 비교해 크게 문제가 없으면 이런 증상들은 아무렇지 않은 사건이 되어버린다. '항생제 맞고 가세요'로 모든 것이 해결된다. 나는 이러다 생을 마감하는 줄 알았는데.

• 퀘스트
온라인 게임에서 이용자가 수행해야 하는 임무. 게임 전체의 이야기를 이끌어 가는 요소로, 임무를 달성하면 보상이 주어진다.

직접 생성하는 나만의 퀘스트

작년 봄, 오랫동안 다니던 회사를 그만뒀다. 업무 스트레스를 더는 감당할 수 없었다. ESR 수치는 요 몇 년 사이 중 가장 높게 치솟았다. 석시 않은 나이에, 안정저인 직장을 그만둔다는 것이 겁이 나기도 했지만, 한 번쯤은 쉬는 시간을 가져보기로 했다. 나는 열심히 돌봤다고 했지만, 몸은 혹사당했다 생각할지도 모르는 일이니까.

매일 수십 개 생성되던 퀘스트는 중단되었다. 밀린 잠을 잤고, 그동안 보지 못했던 것을 보고, 하고 싶었던 쓰는 일을 시작했다. 누군가가 만들어준 퀘스트가 아닌 내가 직접 생성한 퀘스트였다.

스트레스는 만병의 근원이라는 말. 전적으로 동의한다. 그러나 무엇이 이유가 되어 스트레스가 되는지는 사람마다 다르다. 결국 스트레스 해소법에도 개인차가 있을 수밖에 없다. 내가 어떤 부분에서 스트레스를 받는지, 그리고 어떻게 하면 해소할 수 있는지 자신만의 방법을 찾는 것이 중요하다.

나는 회사에서 생긴 걱정을 자주 집으로 가져왔다. 일은 회사에 두고 오면 좋은데 그러지 못했다. 그러다 보니 쉬는 동안에도 걱정이 떠나지 않았다. 쓸데없는 것까지 걱정으로 만드는 사람.

스트레스가 심하다는 것을 깨닫고 5년 차부터는 철저히 회사와 집을 분리하려 애썼다. 물론 분리되지 않는 일들도 있었지만 적어도 지나간 일들에, 사소한 실수들을 걱정으로 만들려 하지 않았다. 정신 차리자, 한 번 외치고 말았다.

스트레스 게이지가 꽉 찰 때마다 공연을 예매했다. 좋아하는 뮤지션의 내한 공연이나 콘서트에 굳이 비싼 돈을 주고 가 앉아 있었다. 그 즐거움으로 며칠을, 또 몇 주를 버텼다.

스트레스 받으면 공연을 보러 가라는 말은 아니다. 누군
가에게는 온종일 자는 것이 될 수도 있고, 누군가에게는 여
행이, 누군가에게는 비오는 날 드라이브가, 누군가에게는
마라톤이, 누군가에게는 자전거 타고 간 팔당댐에서 초계
국수를 먹는 것이 될 수도 있다.

내가 만든, 내가 원하는 퀘스트를 만들어서 만족감이라
는 보상을 얻어보는 것이 중요하다. 자신만의 스트레스 해
소 방법을 아는 것은 어쩌면 매일 비타민을 챙겨 먹는 것보
다 건강에 한 발짝 더 다가가는, 병과 함께 무사히 일하는
방법이 될 수 있다.

가장 깊은 밑바닥에서
가장 높이 뛰어오를 수 있다는 것

삶에서 가장 치열했던 열아홉

욕심이 없는 사람이었다. 그것이 물건이든, 성취든, 무형에서 오는 마음이든, 아무튼 없었다. 내가 가지고 있는 것도 남이 빤히 쳐다보면 "너 가질래?"하고 몇 번이고 내줄 수 있었다. 오래 해오던 것들에도 미련이 없었다. 욕심이 없으니 아쉬움도 없었고 그래서 포기도 쉬웠다.

초등학생 내내 장래 희망 칸에는 발레리나를 적었다. 어렸을 적부터 해온 발레를 그만둘 때도 아쉽지 않았다. 많은 것들을 쉽게 포기하며 살아온 나약한 인간이었음을 괜히 고백해본다.

하지만 태어나서 처음 해본 병원 생활은 오랜 생각을 바뀌 놓았다. 정확히 말하자면 삶을 대하는 태도가 변했달까. 고통이란 무엇이길래 나를 이토록 짓누르는 것인지 매일 밤이면 생각에 잠겼다. 나보다 더 아픈 사람들을 두 눈으로 지켜보며 삶이란 무엇인가를 성찰했다.

옆자리에서 어제 점심에 사과를 나누어 먹던 환자가 눈 떠보니 중환자실로 옮겨가는 일, 조그마한 손등에 혈관이란 게 있을까 싶은데 링거를 꽂고 있는 작은 아이를 보는 일, 적막을 깨는 코드블루 알림, 분주한 아침 회진 속 빠른 발걸음의 사람들. 병원은 바쁘고, 안타깝고, 치열했다.

그래서일까. 무엇을 하든 이왕 하는 거 정성을 다하고 싶었다. 살면서 누리는 것들을 당연하다고 여기고 싶지 않았다.

그 생각을 하필이면 고3에 했다. 아마 누군가가 내게 인생의 터닝 포인트가 언제였나요, 하고 묻는다면 당연히 이 시기를 꼽을 것이다. 나는 조금은 다른 사람이 되었으니까.

병명도 찾지 못한 첫 번째 입원 생활 덕에 고등학교 2학년 2학기 중간고사를 보지 못했다. 그 말은 수시 전형은 물

건너갔다는 이야기다. 지금은 어떤지 모르겠지만 나 때는 수시 전형으로 대학 가기가 더 쉬웠다.

아무리 공부를 특출나게 잘하지는 않았어도 남들 다 쓰는 수시를 나 혼자 못 쓴다니, 큰 병원에 가보라고 하던 의사의 말보다 더 무서운 이야기였다. 고3을 앞둔 겨울 방학, 뒤늦게 수능 공부를 시작했다. 반에서 수시 전형을 포기하고 정시 전형만 준비하는 사람은 나 혼자였다.

남들보다 선택지가 좁아졌기에 하루에 3시간 자며 나머지 모든 시간을 의자에 할애했다. 당시 아빠가 현관 화이트보드에 적어놓은 "지영, 4시간 수면 시간은 지키도록."이라는 문장이 아직도 기억에 있다. 독서실에서 돌아와 인터넷 강의를 하나 더 듣고 3시 가까이 되어서야 침대에 누웠다.

눈을 감고 매일 기도했다. '좋은 대학에 가게 해주세요'가 아니라 '나의 몸이 이 시간을 버티게 해주세요' 하고 기도했다.

그래서였을까. 그냥 '수능 잘 보게 해주세요' 했어야 했나. 원하는 수능 점수는 나오지 않았다. 당연히 가고 싶었던 대학에도 가지 못했다. 그렇다 해서 후회를 하지는 않았다. 정성을 다하면 후회하지 않을 수 있다는 것을 이때 알았다.

1년이란 시간 동안 단 하루도 허투루 보낸 날이 없었다. 매일 최선을 다했다. 열심히 산다는 것, 내 삶을 돌보며 산다는 것, 나를 응원한다는 것은 중요했다.

지금도 무언가를 열심히 해내야 할 때면, 어떤 것을 앞에 두고 두려움이 몰려오거나 겁이 날 때면 제일 먼저 떠오른다. 삶에서 가장 치열했던 열아홉.

내가 바랐던 단 하나

대학에 들어가며 포부는 단 하나였다. 남들 다 하는 것은 나도 다 하자! 조금 이상하게 들리겠지만 내가 바라는 건 그거 하나였다.

고등학교 때 2년에 1번 축제를 했는데 하필이면 내가 입원했던 기간이어서 축제 한 번 즐기지 못한 아쉬움이 컸다. 그래서 대학에선 할 수 있는 것은 모두 다 했다. 동기들과 때때로 MT도 갔고, 축제 때 건물 옥상에서 연예인도 구경했고, 주점에서 소시지 볶음도 만들어 팔고, 학교 앞 호프에서 첫차를 기다리며 널브러져 있기도 했다. 공강 시간이 길면 대학로 맛집에서 점심을 먹었고, 시험공부 하다 새벽 공기 마시며 산책을 하기도, 학생회에서 하나도 중대하지 않은 일을 중대하게 논의하고는 술도 마셨다.

어쩌면 아무 의미 없을지도 모르는 이 일들에 늘 의미를 담았다. 내가 어떻게 생각하는지에 따라, 무엇으로 받아들이는지에 따라 인생은 빛이 나기도, 캄캄해지기도 했다. 가끔 좌절감이나 아쉬움이 따라올 때도 있었지만 대부분 반짝였다. 아니, 반짝였다고 기억하고 싶다.

그렇게 해피 엔딩이었다면 좋았을 텐데. 아무 걱정 없이 행복하게 잘 살았답니다 하고 마침표를 찍을 수 있는 생이면 좋았을 텐데. 고통은 내가 인생을 잘 사는 것 같으면, 행복이란 단어를 잠시 떠올리기라도 하면 어김없이 찾아오곤 했다. 살 만해? 보기 좋네? 하며 등 뒤에서 밀쳐 한순간에 지하로 떨어뜨렸다. 지옥 같은 시간을 굳이 경험하게 했다.

일을 그만두고 입원 생활을 했을 때는, 이제야 말하지만, 심적으로 가장 힘들었다. 누가 뭐라 하지 않았는데도 성인으로서 한 사람의 몫을 못하고 있다는 생각이 자주 목을 졸랐다. 어렵게 들어간 직장을 내 발로 나와버렸다는 허탈함과 이렇게 아프기만 하다 다음 직장을 가지지 못하면 어쩌지 하는 불안함이 자꾸 나를 휘감았다. 뉴스에서 매일 빼놓지 않고 나오는 청년 실업률 기사가 마치 내 얘기 같았다.

나에게만 의지해 다시 일어나기

지하의 시간은 느리게 흘러간다. 사람을 만나지 않고 시간을 보내는 건 24시간이 48시간처럼 느껴지는 일이니까. 무료함이 커질 때마다 책을 읽었다. 닥치는 대로, 손에 잡히는 대로.

당시 유행하던 자기계발서부터 읽기 싫어하던 고전, 인문학, 소설, 산문까지. 내가 읽은 책의 반 이상을 지하에서 읽었다. 글이란 것은 신기했다. 답이 쓰여 있지 않아도 답이 되었고, 그저 글자를 읽는 것만으로도 위안이 되었다.

길을 알려주지 않았지만 내게 어떤 길들이 펼쳐질지 볼 수 있는 시야를 주었다. 책으로 마음이 조금 단단해져서일까. 지금은 하나도 쓸모없지만 어쨌든 취업에 도움이 되었을지 모르는 자격증들도 모두 지하에서 취득했다. 시간을 흘러가게만 두지 않고, 무엇이든 자양분으로 만들 거라는 의지의 결과였다.

지하에 떨어질 때마다, 상황이 악화될 때마다 매번 무언가 더 하려 애썼다. 바닥임을 인지하고 두 발로 땅을 딛게 되면 낙하산을 벗었다. 필요 없었다. 이제는 오를 일만 남았으니. 심리학에서 회복 탄력성*이라 부르는 그런 힘이었다고 생각한다.

투 두 리스트나 버킷 리스트를 작성하며 살아가기에 병과 함께하는 환자의 몸은 고단하다. 매일 반복되는 고통은 분명 익숙해질 만한데도 익숙해지지 않고, 오히려 감정을 통제할 수 없게 만들어서 나를 괴롭힌다.

그럴 때면 이 단어를 떠올린다. 회복 탄력성. 이 다섯 글자에 대한 믿음이 있다. 더 깊이 내려갈수록 더 높이 뛰어오를 수 있다는 것. 나는 해봐서 아니까.

더 이상 내려갈 곳이 없을 만큼 내려갔을 때, 두 발로, 내

근력에만 의지해, 지금껏 경험한 것을 발판 삼아 오른다. 더 높이. 어제보다 나은 나를 위해. 여기만 넘기면 내게 비칠 따스한 무언가를 향해.

• 회복 탄력성resilience
크고 작은 다양한 역경과 시련, 실패에 대한 인식을 도약의 발판으로 삼아 더 높이 뛰어오를 수 있는 마음의 근력을 의미한다. 물체마다 탄성이 다르듯이 사람에 따라 시련에 대한 탄성이 다르다. 역경으로 인해 밑바닥까지 떨어졌다가도 강한 회복 탄력성으로 다시 튀어 오르는 사람들은 대부분 원래 있었던 위치보다 더 높은 곳까지 올라갈 수 있다.

너는 지금 무엇을 하고 있어?

십 년도 더 전에 전주에 갔다가 문학관에서 1년 뒤 내게 보내는 편지 같은 것을 썼다. 성격상 이런 것을 무척이나 귀찮아한다. 이런 이벤트에 무슨 의미가 있냐는 산통 깨는 말을 잘 하는 편이다. 데리고 다녀주는 친구들에게 감사할 뿐. 처음 가본 전주가 마음에 들었는지, 같이 갔던 친구와 보낸 시간이 좋았는지, 한옥이 주는 고풍스러운 분위기 때문이었는지 평소와 다르게 나름 열심히 썼다. 그리고 까맣게 잊고 있을 때쯤 집으로 그 편지가 도착했다.

내용은 그리 길지 않았다. 역시 쓰기 귀찮았던 것이 분명했다. 감성적으로 그동안 수고했어, 널 사랑해, 앞으로도 파이팅, 아프지 말자 이런 유의 글은 아니었다. 몇 줄 안되는 문장이었는데 유독 물음표가 많았다. 과거의 나는 미래의 나에게 물음표 살인마였다.

지영에게.

너는 지금 또 무엇을 하고 있어? 새로운 것일까? 아니면 하던 것일까? 혹시나 정말 혹시나 또 장애물이 나타나진 않았어? 깊었어? 얕았어? 사실 별로 궁금하지 않아. 어떻게든 살아내겠지. 어떻게든 올라가겠지. 그저 네가 하고 있는 일이 재밌기를. 즐겁기를. 하고 싶었던 일이기를.

과거의 나에게 오늘의 나는 이렇게 답한다.

요즘은 글을 써. 내게서 만들어진 글자가 누군가에게 위로가 되어 닿길 바라며 단어 하나에, 문장 하나에 마음을 담아. 돌고 돌아 약한 마음들을 어루만지는 기회가 되길 바라며 지금도 쓰고 있어.

모든 고통을
함께하는 사람

계절을 느낄 수 있는 큰 창가가 있는 카페 안, 내 앞에 앉은 여성은 주로 책을 읽고, 나는 노트북을 두들긴다. 나는 플랫화이트, 여성은 라테를 마신다. 그녀는 나의 엄마다. 나의 모든 고통을 함께한 사람.

– 엄마(최경자) 인터뷰

내가 살아가는 이유

　- 지영은 어떤 딸이었어요?

한마디로 순둥이였어요. 말썽을 부리거나 말을 안 들어 속상하게 하는 일이 거의 없었습니다. 삼 남매 중 둘째라 언니한테 치이고 동생한테는 양보하며 지낸 편이죠. 상대적으로 사랑을 덜 받는다고 느낄 수 있어서 애정 표현을 많이 하며 키웠다고 생각하는데 아마도 엄마 사랑이 더 필요했을 것 같아요.

어릴 때 대형마트에 장 보러 가서도 '잠깐 여기서 기다려' 하고 다녀오면 꼼짝하지 않고 그 자리에서만 기다렸던 아이입니다. 키우면서 걱정이 조금도 없었어요. 발병하기 전까지

는요. 다만 일하는 엄마이기에 세심하게 살피지 못한 적이 많았죠. 편도가 부어 염증이 심하고 열이 많이 나도록 아파도 참고 참다 한참 지나야 말을 하곤 했어요. 엄마가 통증에 둔감했던 것처럼 아이도 참을성이 많았던 것 같습니다.

– 처음 아팠던 때를 기억하시나요? 4년이나 지나서야 병명을 알게 되고, 난치병 진단을 받았을 때는 어떤 생각이 들었는지 말씀해 주세요.

고열로 고통스러운 날이 많아지고 계절이 바뀌도록 병원 생활을 하면서 차라리 제가 대신 아팠으면 하는 생각이 많이 들었어요. 핏기 없는 아이에게서 아침저녁으로 7개나 채혈해가는 것도, 여러 가지 검사 과정도 옆에서 지켜보기 쉽지 않았습니다. 백혈병 소견이 있다고 했을 때는 아득했고요. 감염내과, 심장내과, 류마티스 내과에서 협진하며 의료진의 빠른 움직임을 보는 것도 앞을 예측할 수 없어서 불안했습니다.

두 번째 발병으로 '타카야수 동맥염' 진단이 나왔을 때, '희귀'와 '난치' 두 단어가 주는 절망보다는 아파하는 딸을 보는 것이 더 힘들었습니다. 평생 약을 먹으며 관리를 해야 하고 염증 수치가 높아지면 스테로이드제 복용을 해야 했습니다. 부작용도 심했고요. 함께 아파하던 시간이 너무 길었습니다.

– 고통을 마주하는 딸을 보면서 놀란 부분도 있을 것 같아요. 우리 딸이 이런 사람이었나? 존경스러워지는 부분이라고 할까요?

대입을 준비하는 시기에 몇 달을 아팠고 퇴원 후 삶에 대한 관점이 달라진 것을 볼 수 있었습니다. 말 그대로 죽기 살기로 덤벼들어 입시 준비를 하면서 대학 진학을 하게 되었고 졸업 후 직장 생활을 하면서도 아픈 내색 없이 많은 것을 해보려 애쓰며 살았죠.

그 삶을 스스로 존중하고, 살아있어 누릴 수 있음을 감사하는 모습이 대견스러웠습니다. 삶의 가치에 더 무게가 실려 버틸 수 있는 근력이 생긴 것이죠. 또 한가지는 아픈 중에도 일을 쉬지 않았다는 것. 자기 승부에 최선을 다하려 하는 것이 안쓰럽기도 했지만, 엄마로서 응원할 수밖에 없었습니다.

– 아픈 자식과 함께 살아간다는 것은 가슴 아픈 일일 것 같습니다. 아파하는 딸을 보면서 가장 힘들었던 순간이 있다면 말씀해 주실 수 있을까요?

딸에게서 삶에 대한 희망을 놓아버리고 싶다는 생각을 보았을 때였어요. 육안으로도 느낄 수 있는 정도의 염증으로 왼쪽 목 주변이 숨쉬기가 힘들게 부풀어 올랐고 진통제를 달고 살았죠. 절망과 지하 속에 있을 때는 어떤 위로도 할 수 없었습니다. 허락된 것은 기도뿐이었어요.

그 자리에 있어 주어서 고맙다

– 지금까지 가장 행복했던 순간은 언제였을까요?

단연코 요즈음이라 생각됩니다. 퇴사하고 글을 써 보고
싶다 했어요. 아직은 과정이지만 한 걸음, 한 걸음 여러 장
르의 글을 쓰면서 마음과 생각의 크기가 또 자라고 있구나
하는 생각이 듭니다, 또 짧은 여행과 산책, 독서, 영화 관람
등을 통해서 많은 시간을 함께하고 있기도 하고요.

카페에 들러 향기 좋은 차를 마시며 딸은 노트북을 펼쳐
자판을 두드리고 저는 책을 봅니다. 딸 덕분에 독서량이 상
당히 늘었고, 다양한 책을 읽고 있습니다. 음악도 같이 듣고
대화도 많이 하고 행복한 날의 연속이지요. 같은 곳을 바라

보고 있다는 것이 감사하죠. 후에 회상하게 된다면 '참 좋은 시절이었다' 생각될 것 같습니다.

– 사실 따님도 아팠지만, 오랫동안 고통과 함께 살아오셨다고 들었어요. 폐 절제 수술도 하셨고, 몇 년 전에는 암 수술도 받으셨고요. 아, 5년이 지났네요. 완치를 축하드립니다. 병과 함께 살아오며 본인을 버티게 하는 힘이 있다면 무엇이었을까요?

아무래도 종교의 힘이 컸던 것 같습니다. 오랜 시간 신앙 생활을 해왔고, 힘들 땐 하소연도 하고 주님의 뜻이 어디에 있는지 묻기도 하고요. 지나온 세월을 돌아보면 은혜가 컸음을 항상 느낍니다. 언젠가 딸이 물었습니다. "엄마는 어떻게 견뎠어?" 제가 말했죠. "너도 너의 하느님을 만났으면 좋겠어"라고요. 기도하는 마음으로 응원하며 지켜봅니다.

– 어머님께서는 삶이 어떤 면에서 가치 있다, 살아볼 만하다고 느끼시나요?

가치로 논할 수는 없지만 살아 볼 만한 세상이지 않나요? 비관보다는 낙관의 생각 부피가 월등히 커서 그런 것 같습니다. 계절을 느낄 수 있음도, 맑은 하늘을 볼 수 있음도, 사랑하는 이들과 더불어 숨쉬며 살아갈 세상이 참 많이 신나지 않나요? 때론 지치고 아플지라도 말입니다.

단풍으로 곱게 물든 나뭇잎 하나하나를 보면 벌레 먹은 잎도 있고 얼룩진 잎도 있고 찢어져 뜯겨 나간 잎도 있습니다. 그렇지만 어우러져 장관의 절경을 우리에게 선사하지요. 우리도 서로 다르지만 어우러져 아름다운 삶을 살아 낼 수 있었으면 좋겠습니다. 사랑이란 이름으로 말입니다.

– 가족의 아픔을 함께 견디는 사람들에게 전할 수 있는 말이 있다면 무엇이 있을까요?

'이 또한 지나가리라'란 말이 지금 많이 힘든 사람에게는 도움이 되지 않을 수도 있겠지만, 평정심을 잃지 않고 희망의 노를 함께 저어 가면 좋겠다는 생각을 해봅니다. 상대의 위로와 사랑에 그대로 노출되었으면 좋겠습니다.

그냥 당신은 그 자체로 빛나는 존재라고. 찬란까지는 바라지 말자고. 꺼지지 않는 작은 불씨라도 족하다고. 희망의 동력을 날마다 기억하자고.

– 딸에게 꼭 해주고 싶은 말이 있다면 어떤 이야기일까요? 그리고 앞으로의 삶에서 기대되는 점도 있다면 말씀해 주세요.

언젠가 나보다 더 사랑한단 말을 글로 전한 적이 있습니다. 엄마잖아요. 하고 싶은 일 하며 사는 게 가장 행복한 거겠죠. 그것을 바라보며 함께 걷는 행복을 나에게 선물해줘 고맙다는 말을 하고 싶습니다. 그럼에도 불구하고, 오롯이, 그 자리에 있어 줘서 고맙다는 말을 전합니다.

아! 한가지 기억 나는 이야기가 있네요. 딸이 다음 생에는 엄마가 내 딸로 태어나라고. 그러면 본인이 엄마가 되어다 해 주겠다고 했어요. 저는 말했지요. '다음 생에도 네 엄마로 살련다'라고요.

종종 친구 회사 옆 건물 스타벅스에서 글을 썼다. 친구가 출근해 일하는 동안 나는 노트북을 두들겼다. 퇴근하며 얼만큼 썼어, 많이 썼어? 하는 물음에 답하고 함께 저녁을 먹으러 갔던 일상이 있었다. 오늘은 그곳에서 쓰지 않고 듣기로 했다. 나의 인생의 많은 부분을 함께한 친구다.

　－ 친구(황금잔디, 종로구청 공무원, 16년째 친구)

내가 지금 너를 응원하는 이유는

– 어떻게 친구가 되셨나요? 어떤 친구였나요?

고2 때 알게 됐어요. 같은 반 친구의 친구였거든요. 그
땐 그저 예쁘장하고, 친구들의 사랑을 독차지하는 그런 아
이로만 보였어요. 아파서 친구들이 더 애틋하게 챙기고 있
다는 것을 모른 채, 친구에게 "쟤네 너무 지영이만 챙기니까
같이 놀지 마"라고 훈수도 뒀으니까요. 고3 때는 같은 독서
실을 다녔는데 공부를 엄청 열심히 하더라고요. 성실한 아
이구나 했어요. 그때까지도 아주 친하진 않았어요. 스무 살
이 되고 나서 그 같은 반 친구와 지영이와 어쩌다 셋이 함께
만났는데 그 이후부터는 제 인생을 항상 함께 하는 친구가
되었어요. 왜 친해지게 됐는지는 기억이 나지 않네요.

지영이는 외유내강의 표본인지라 제 마음속 깊은 곳에 무한 믿음이 있어요. 아주아주 어려운 퀘스트를 만나더라도 그걸 깨부술 거란 믿음이요. 저한텐 그런 친구입니다.

— 친구가 아프다는 것을 알았을 때, 어떤 기분이었는지 기억을 되짚어 주실 수 있을까요?

친하지 않을 때부터 몸이 좋지 않다는 걸 우연히 들은 것 같아요. 친해지고 나서도 지영이가 제 앞에서 아픈 티를 낸 적은 거의 없어서 까먹고 지낸 날들이 더 많아요. 그러다 시간이 한참 지난 후에야 정확히 어디가 아프고, 어떤 증상이 있는지 알게 됐지요.

슬프다기보단 놀랐어요. 나보다 열심히 살고 있는 아이였으니까요. 밤새 아파서 한숨도 못 잔 날에도, 다음날 피곤하다고 종일 이야기하거나, 자기 할 일을 미룬다거나 하는 일이 전혀 없었거든요. 농담 삼아 "넌 안 아팠으면 거의 원더우먼이었을 거야" 말하곤 했어요.

— 아픈 친구를 보면서 대단하다 느꼈던 순간도 있을 것 같아요. 언제였을까요?

아픈데도 불구하고 저보다 더 열심히 살아간다는 걸 느
낄 때요. 언제나 성실하게 본인의 길을 차근차근 닦아 나가
는 모습을 옆에서 지켜볼 때면 배울 점이 정말 많아요. 뭐랄
까, 핑계 대는 법이 없어요. 본인이 할 수 있는 모든 것들을
하고, 후회를 남기지 않는 것 같아요. 공부든, 일이든, 인간
관계든 모든 것이요.

아프지 않은 사람도 사실 그렇게 살기 힘들거든요? 몸
과 정신을 다 지켜내면서 해내는 것을 보면 매번 대단하다
고 느껴져요. 그런데 그 모습을 오랫동안 지켜보다 보면요.
그렇게 보다 보면…. 결과를 응원하기보다는 그냥 애가 안
힘들었으면 좋겠다는 마음이 생겨요. 그래서 지영이한테
어떤 목표가 생기면 자꾸 이야기하려 해요. 물론 목표를 이
루면 좋겠지만, 꼭 안 이루어도 된다고요.

– 왜 그렇게 이야기해요?

과정이 너무 힘들 것을 아니까요. 목표가 생기면 지영이
는 무조건 하고야 말거든요. 주먹을 꼭 쥐고 뛰어들어요. 몸
이 아파도 쉬지 않고 직진하는 것을 옆에서 너무 많이 봐 왔
어요. 또 무슨 일이든 결과는 알 수 없잖아요. 결과가 바로

나오지 않았을 때 낙담하는 모습을 보기도 싫었고요.

저는 과정에서 스트레스를 받지 않았으면 하는데 지영이는 스트레스를 받으면서도 무조건 해요. 그리고 과정보다 결과를 더 중요시하죠. 결과물이나 성과가 나올 때까지는 자신이 한 것이 아무것도 아닌 거라 생각하거든요. 그래서 글을 쓰고 있을 때도 자주 말했어요. 내가 지금 너를 응원하는 이유는 네가 하고 싶은 일을 하고 있어서지, 네가 무언가가 되었으면 좋겠다는 바람에서 오는 것이 아니라고요.

- 고통을 마주하는 친구를 가까이에서 보며 깨닫게 되는 지점도 있을 것 같습니다. 친구분이 최근 마주하고 계신 고통이 있다면 살짝 이야기해 주셔도 좋아요.

질문에 고통을 마주하는 것이 당연하다는 듯 쓰여 있는데, 사실은 무척 어려운 일이란 것을 알게 되었죠. 가족 중 오빠가 나이가 다 차고 나서 아프기 시작했어요. 건강하다 병을 얻으니 많이 억울해하고, 받아들이기 힘들어했어요. 그동안 지영이를 보면서 병과 마주하는 것을 당연하게 여겼는데 당연한 것이 아님을 알게 되었죠. 오빠 옆을 지키며 이 모든 과정을 어린 나이부터 해왔던 지영이가 참 단단한 사람이라고 또 한 번 생각했고요.

　병은 마주하지 않으면 받아들이지 못하게 되고 그러면 결국 지게 되는 것 같아요. 지영이를 통해 병과 친구가 될 수도 있고, 좀 예민하게 굴면 신경 써주고, 잘 달래주면서 삶을 살아갈 수 있다는 것을 알았어요. 아프다고 삶이 끝나는 것이 아니라는 것을요.

큰 힘이 들지 않는 선에서
꾸준히 옆에 있어 주기

– 편안하지 않은 상황의 친구를 대할 때 어떻게 해야
할지 막막했던 경험도 있으실 것 같아요. 무작정 나아질
것이라 위로하고 싶지도 않고, 그냥 두고 볼 수도 없고.
어떤 면에서는 친구의 감정을 상하게 할까 봐 걱정될 것
같기도 하고요. 그럴 땐 어떻게 하셨나요?

와, 이 질문 너무 어렵네요. 딱히 어떻게 대해야지 하고
생각해본 적은 없는 것 같아요. 그래서 아픈 지영이 끌고 어
기저기 데리고 돌아다니고, 모래바람을 맞게 하고, 고생시
켰던 기억만 떠오르네요.

아, 같이 여행을 자주 다녔는데 여행에서 지영이는 약과

불면증 때문에 아침 텐션이 아주 낮아요. 그걸 억지로 깨우려 하지 않았죠. 서로 대화를 하지 않고 커피 한 잔을 오랫동안 마시며 창밖을 보는 일이 여행 아침 풍경이었어요. 그런데 사실 저도 아침 텐션이 높진 않거든요. 딱히 배려했다기보다는 저의 습관들이 아픈 지영이랑 잘 맞았던 것 같기도 해요.

지금 생각해보니 이런 것들이 더 중요하지 않을까요? 반짝 잘해주고, 신경 써주는 것보다 오래오래 그 사람 옆에 있어 주는 것. 특별히 뭘 해주려 하기보다 옆에서 나 역시 편안하게 있으면 되는 것 같아요. 아프다고 말할 때 그냥 들어주면 되고요. 왜냐면 제가 해줄 수 있는 게 없거든요. 어떻게 보면 냉정하게 들릴 수도 있지만 나도 큰 힘이 들지 않는 선에서 옆에 꾸준히 있어 주는 것이 제일인 것 같아요.

– '큰 힘이 들지 않는 선에서'라는 말에 많은 의미가 담긴 것 같아요. 조금 더 자세히 이야기해 주신다면요?

친구가 아프면 걱정이 되죠. 많이요. 하지만 그 걱정을 꾸준하게 잘 하지 못할 상황이 분명 생겨요. 매일 연락하고, 매일 들여보다 그걸 하지 못했을 경우 제게도 죄책감이 찾아와요. 그런 시간이 쌓이고 쌓이면 쉽게 연락하지 못할 때도 있어요. 너무 오랫동안 관심을 가지지 못했나 하는 마음에서요. 그래서 '큰 힘이 들지 않는 선에서 꾸준히'는 서로에게 미안해하지 않기 위해서도 필요한 것 같아요.

– 친구와 함께하며 가장 행복했던 기억, 친구가 가장 자랑스러웠던 순간은 언제였을까요?

가장 행복했던 기억과 자랑스러운 기억이 같은 장면이에요. 지영이가 오래 다니던 회사를 그만두고 글을 써 보려 한다 말했던 장면이요. 서울 노포 호프집이었는데, 제가 아는 사람 중에 제일 책임감이 강한 아이가 이젠 해야 되는 일 말고 하고 싶은 일을 할 거라 말하는데 너무 멋있는 거예요. 직장에 다니는 게 만족스럽지는 않지만 아무런 대안 없이 그만둔다는 게 얼마나 힘든 건지 모두 알잖아요.

그 끈을 끊어버릴 용기가 책임감으로 똘똘 뭉친 우리 지영이한테 솟아난 게 너무 자랑스러웠고 다행이었어요. 항상 그것 때문에 더 힘들지는 않을까 속으로 생각하고 있었거든요.

그리고서는 어떤 글을 쓰고 싶은지에 대해 이야기하는데, 그 눈빛을 저는 아직도 잊을 수 없어요. 꿈을 향해 가는 사람들은 빛이 난다고 하잖아요? 제가 봤어요. 눈이 반짝반짝 빛나면서 설명해주는 모습을 지켜보는데 정말 행복해서 눈물이 났어요. 울 타이밍이 아닌데 왜 우냐는 소리를 들었던 게 기억이 나네요.

지영이는 본인만 생각하는 삶을 산 적이 없는 아이예요. 내가 좋아하는 것보다는 모두에게 좋을 것 같은 걸 선택하는 친구죠. 지영이가 뭐가 먹고 싶다 말하면 저희는 그날 그걸 무조건 먹어요. 다른 친구들을 배려하느라고 본인이 원하는 것은 매번 마음속에 담아두는 것을 알거든요. 그런 모습이 종종 안타까웠어요.

그런데 이제는 나를 위한 삶을 살겠다고 이야기하는데, 행복했어요. 친구가 아니라 우리는 가족일지도 모른다는 생각을 할 정도로요.

- 많은 사람이 아파요. 나이가 들며 더 느끼죠. 이제 아프지 않은 사람보다 아픈 사람이 더 많은 정도니까요. 아픔에 대해, 병에 대해 생각의 변화가 있을까요?

본인이 아프다는 걸 직접적으로 나타내지도 않고, 일상생활에서 아프다는 이유로 배려받으려 하는 친구는 더더욱 아니어서 아프다는 것을 종종 잊어버릴 때가 있어요.

한 번은 지영이랑 같이 필라테스를 하고 집에 돌아오는 길이었는데 심장을 부여잡고 얼굴이 점점 창백해지는 것을 본 적이 있어요. 왜 그러냐고 물어보니 심장이 너무 아프다고 하더라고요. 그날 이후 지영이 혼자 버텨냈을 무수한 밤이 떠올랐어요. 가족들도 다 자는 깜깜하고 조용한 밤, 혼자 아파서 깼을 모습이요. 성격상 적당히 아프면 가족들을 절대 깨우지도 않을 거예요. 혼자 버티고 버티다 아침이 왔겠죠. 얼마나 외로웠을까요.

그 시간들을 묵묵히 버텨온 지영이를 생각하면 마음이 아려요. 그래서 병이라는 것은 물론 육체가 아픈 게 크겠지만 마음도 그에 못지않게 힘든 것 같다는 생각이 들어요. 외롭고 힘들 때 약도 없고, 온전히 나 혼자 그걸 감당해야 하잖아요. 병은 그게 제일 힘든 것 같아요.

– 앞으로 두 분이 함께하는 삶은 어떤 모습일 거라 기대하시나요?

각자의 삶을 살다 보면 외로워질 때가 있잖아요. 사람들과 나누는 피상적인 대화가 지겹고, 내가 무슨 생각을 하면서 사는지 이야기하고 싶은 욕구가 샘솟을 때. 근데 내 이야기를 재밌게 들어줄 사람은 없을 것 같을 때. 나이가 더 들면 그런 순간이 더 자주 찾아오겠죠? 그러면 지영이에게 연락할 것 같아요. 만나자고. 맛있는 것을 앞에 두고 서로 이야기 들어주고, 같이 욕해주고, 그러다 울고. 울 타이밍 아닌데 왜 우냐고 핀잔 주고. 아마 그렇게 함께 나이 들어가지 않을까요. 그래서 서로 아주 멀리 살지는 않았으면 좋겠어요.

네가 곧 나임을

계속해서 상처받으며 살아간다는 것

"너, 요즘 좀 살만한 것 같더라."

"그래 보여?"

"응. 살 놀러 다니더라?"

요즘 어떠냐는 말에 밝은 얼굴로 괜찮다고, 덜 아프다했을 뿐이다. 하지만 상대가 걱정하던 얼굴을 이내 거두고뱉은 말에는 가시가 있었다. 말의 억양에 따라, 쉼표가 어디에 박혔는지에 따라, 아주 잠시 스쳐 간 표정에 따라 그 말에 담긴 의미를 파악할 수 있다. 하필이면 나는 눈치가 매우, 몹시, 아주 빠르다.

입술을 꽉 깨물었더니 호두 턱이 만들어졌다. 주름진 턱

위 꼭 다문 입술 안에서는 여러 생각들이 이미 말로 변하고 있었다.

넌 모르잖아. 내가 아플 때 입 밖으로 꺼내지 않았으니 그 순간들을 전혀 모르잖아. 그런데 왜 그렇게 이야기해. 나는 가끔 술 마시면 안 돼? 컨디션 좋을 때 놀러 다니면 안 돼? 계속 아프고, 힘들고, 속상하고, 안타깝기만 해야 해?

그렇게 밖으로 나오지도 못할 말을 한참 굴리다 꿀꺽 소리와 함께 삼켰다. 소화되지 않는 말들을 소화시키기 위해 헤어지고 한참을 걸어야만 했다.

세상에는 선한 사람만 있는 게 아니다. 굳이 하지 않아도 될 말을 하는 사람도 있고, 말을 삼키는 방법을 애초에 모르는 사람도, 알고 있지만 꼭 하고야 마는 사람도 있다. 애초에 무신경함을 이유로 타인을 난도질하는 사람도 있다. 나라고 그런 사람들을 어찌 스치지 않았겠는가. 많았다. 어쩌면 수없이.

대학 3학년, 마지막 강의를 듣고 집에 돌아오는 길이었다. 같은 수업을 몇 번 들어 친하다고 생각했던 선배와 정말

친했던 동기 하나와 지하철을 탔는데 선배가 내 얼굴을 빤히 쳐다봤다.

"왜요?"
"너, 있잖아."
"뭐요?"
"꼭 그거 같다. 츄파춥스."

스테로이드제 부작용과 함께 복학을 했던 시기였다. 1년을 쉬었기에 더 쉴 수는 없어 꾸역꾸역 학교로 돌아갔던 때.

문페이스 부작용이 텍스트로는 그냥 부은 정도로 상상되겠지만 경험해본 사람은 안다. 전혀 다른 외양의 사람이 된다는 것을. 복학 후 사정을 잘 모르는 선후배들은 나인 줄 모르고 지나쳤다 다시 돌아와 얼굴이 왜 이러냐 큰 소리로 떠들기도, 휴학한 동안 뭘 먹었길래 이렇게 살이 쪘냐고 가볍게 말하기도 했다. 후배들과 듣는 수업에서 편입생인 줄 알았다는 소리도 들었다.

그 말들에서 나를 지켜준 것은 동기들뿐이었다. 동기들은 그 무신경한 말들이 내 귀까지 오지 않게 하려 내가 없는 자리에서 나의 상황을 설명하고, 내가 원래의 모습으로 돌아올 때까지 병에 대한 이야기를 단 한 번도 꺼내지 않았다.

당시 팔다리는 깡마르고, 스테로이드제로 얼굴은 곧 터질 듯 부어 있는 모습이 선배의 눈에는 츄파춥스 같았던 것이다. 얇은 막대기의 큰 사탕.

옆에 서 있던 동기가 표정을 구기며 선배를 노려봤다. 하지만 선배도 내가 아픈 것을 알고 있었다. 그러니 이 말은 농담이다. 농담으로 건넨 말은 농담으로 받아야 한다. 여기서 울그락불그락 얼굴을 붉히면 나는 순간 좀생이가 되어 버리는 것이고, 화를 내기라도 한다면 고작 이런 거 가지고 그러냐 또는 장난도 못 치냐는 말을 들어야 한다.

덜컹덜컹거리는 지하철 안, 밖은 어둡고, 지하철 문 조그마한 창에 나인데 내가 아닌, 하지만 내가 맞는 얼굴이 비쳤다.

"에이, 츄파춥스가 뭐예요. 너무하네. 면봉쯤으로 해두죠?"

그렇게 말해 놓고 잊었으면 좋았을 텐데. 아무렇지 않은 척 말했으니 아무렇지 않은 일이 되었으면 좋았을 텐데. 나는 아직도 편의점 계산대 주위에 있는 츄파춥스 사탕 무더기만 봐도 이 일화가 떠오른다. 쉽게 휘발되는 기억도 있는가 하면 아무리 잊으려 해도 잊히지 않는 기억도 있는 것이다.

병과 함께 살아간다는 것은 어쩌면 계속해서 상처를 받는 일인지도 모르겠다. 나는 이후로도 사람들 속에 섞여 아무렇지 않게 던지는 말들에 수없이 치였다. 불행이 계속될 때 나를 보며 살짝 안심하는 얼굴도 보았다.

이렇게 이야기하면 인상 쓰며 참 못된 사람들이네요, 하겠지만 사실 이런 마음은 나에게도 이 글을 읽고 있는 당신에게도 있다. 이런 감정을 지칭하는 심리학 용어도 있을 정도다. 샤덴프로이데*라고 한다.

타인의 불행에서 느끼는 쾌락이라니 잔인하지만, 인간의 본능이다. 그런 마음을 내가 먹는 것도, 남이 가지는 것도 하나도 이상할 것이 없다. 친구가 시험을 망쳐서 속상해할 때 위로를 해주면서도 경쟁자가 줄어 안심하는 마음, 모두 한 번쯤은 경험해봤을 그런 마음 말이다.

물론 이러한 감정은 상대에게 전하지 않는 것이 좋다. 우리는 지성인이니까. 그러나 사람의 기분이나 감정이라는 것은 가둔다고 해도 새어 나올 때가 있다. 이미 표현된 생각은 뒤늦게 주워담으려야 주워담을 수 없다.

나는 간혹 마주하는 얼굴에서, 말에서, 메시지에서, 알아채고 싶지 않았지만, 금세 진짜 의미를 파악했다. 나의 고통을 통해 스스로 위로하는 타인의 모습을 가끔 발견하곤 했다.

● 샤덴프로이데 Schadenfreude

상처, 아픔을 뜻하는 Schaden과 즐거움을 뜻하는 Freude의 합성어로 남의 불행이나 고통을 보며 느끼는 기쁨을 말한다. 질투와 연관이 깊은 감정인데, 인간은 자신이 열등감과 질투를 느끼는 대상을 폄하하고, 밑바닥으로 끌어내리는 것을 볼 때, 칭찬을 들을 때와 같은 뇌의 부위가 자극을 받으며 더 강하고 짜릿한 쾌감을 갖게 된다.

나는 내가 불쌍하지 않으니까

나를 불쌍히 여겨도 된다. 안쓰럽다 생각하고, 가슴을 쓸어내리며 내게는 이런 불행이 오지 않고 건강해서 정말 다행이야, 하며 안도해도 된다. 나 역시 당신이 건강하길 바란다. 정말 괜찮다. 왜냐하면 나는 내가 전혀 불쌍하지 않으니까.

불쌍하다, 안쓰럽다. 단 한 순간도 그렇게 생각해 본 적 없다. 물론 병을 얻지 않았으면 더 좋았을 거란 생각은 가끔 하곤 했다. 혹 다른 직업을 가질 수 있지 않았을까. 조금 더 긴 여행을 할 수 있지 않았을까. 그렇다면 더 많은 것을 볼 수 있었을까. 다양한 선택지 앞에서 행복한 고민을 할 수 있었을까.

그런 생각들은 외로울 때면 제일 먼저 찾아와 나를 삼켰다. 그러나 이제는 안다. 내 아픔이 삶의 원동력이 되었다는 것을. 어찌 삶에서 힘이 되어준 것을 불쌍이란 단어와 함께 묶을 수 있겠는가. 어찌 내 삶을 불행이란 단어로 단정 지을 수 있겠는가.

아픔을 주제로 글을 쓴다는 것은 어려운 일이다. 다친 상처를 계속 보고 있으면 더 아파 오니까. 그 행동을 굳이, 공들여서 하며 심지어 곱씹겠다는 것이니 힘이 들 수밖에 없다.

글을 쓰며 그동안 나를 짓누른 고통과 처음으로 마주 앉았다. 너, 이렇게 생겼구나. 이런 형상으로 그동안 나를 못살게 굴었구나. 이런 손으로 나를 매번 밀쳤구나. 참으로 잔인했구나. 나에게.

가장 힘들었던 날들을 복기하는 일이었고, 애써 잊은 일들을 다시 기억하게 하는 것이었고, 약점을 모두 드러내는 일이었다.

하지만 매일 써 내려갈수록 더욱 견고하고 확실해진 사

실이 있다. 이 경험들이 모여 무언가가 되었다는 것을. 그것은 근력일지도, 단단한 마음일지도, 건강한 정신일지도, 아니, 어쩌면 그냥 나일지도 모른다는 것을.

나와 병을 동일시한다 하면 헛웃음 치거나 황당해할지도 모르겠다. 하지만 지금 와서 고통과 함께한 시간을 빼면 내게 무엇이 남을까? 지금보다 나은 사람일 수 있을까? 오히려 쉽게 포기하고, 나약한 인간일지도. 삶이란 것을 깊게 사유하지도 못하는 사람일지도 모른다. 무언가를 해보려 시도해보지도 않고, 주어진 대로 안주하는 삶만을 바라는 재미없는 그런 사람. 나는 이 병과 함께한 시간이 모두 자양분이 되었다고 확신한다. 이 고통이 나를 걷게 했고, 곧게 서게 했음을 안다.

고통은 마주하는 것

고통이란 단어를 말하면 꼭 자동 완성 기능처럼 '이겨내다'라는 서술어가 붙는다. 고통을 이겨내다. 좋은 문장이다. 하지만, 내가 아는 고통은 이겨내는 것이 아니었다. 마주하는 것이었다.

마주하는가, 외면하는가로 모든 것은 달라진다. 이겨내든, 이겨내지 못하든 상관없다. 심지어 그 자리에 그대로 머물러 있더라도 마주한 이상 크게 낙담하거나 절망하지 않을 수 있다.

마주하는 것. 날 해치는 것을 바라보고, 무엇인지 인지하고, 이해하고, 더는 두렵지 않다는 마음으로 바라보는 것.

때로는 눈 한 번 감지 않고 똑바로 쳐다보는 것. 고통이 나를 더 이상 해칠 수 없다는 사실을 아는 것. 그것이야말로 고통과 함께 살아가는 방법 아닐까.

나는 낙관적인 생각을 좋아하거나 긍정적인 사람은 아니어서 무엇이든 이겨낼 수 있다는 마음으로 살지는 않는다. 매일이 희망찬 하루이기를 바라지도 않는다. 병과 함께 살아가는 것은 여전히 어렵고, 무섭고, 불안하고, 두렵기만 하다.

그럼에도 분명히 말할 수 있는 것은 고통을 동반한 삶은 때로는 아름답다는 것이다. 한순간에 지하로 떨어져 봤기에, 더는 내려갈 곳이 없는 것 같았는데 더 깊은 지하가 있다는 것을 경험해 봤기에, 어두컴컴한 막다른 곳에서 혼자 고립되어 봤기에, 세상이 더 아름답다는 것을 안다.

찰나인 계절의 날씨, 내 몫으로 주어진 모닝커피, 두 다리로 걷는 그날의 산책, 다정을 바탕으로 주고받는 대화. 살아가며 누릴 수 있는 모든 것이 아름답다.

고통과 함께 하는 시간이 길어질수록 튼튼한 닻이 생긴

다. 거센 파도가 칠 때마다 그 닻으로 중심을 잡는다.

밀물과 썰물을 그저 바라만 보아도 좋다. 모래성을 쌓아도, 쌓지 않아도 좋다. 지상에서든, 지하에서든 그저 내가 할 수 있는 일을 해나가면 된다.

오늘도 걷고, 보고, 쓰고, 읽는다.

글을 쓰는 내내 마음이 미끄러졌다. '4년 동안 나의 병명은 불명열이었다'부터 '오늘도 걷고, 보고, 쓰고, 읽는다'라는 마지막 문장을 쓸 때까지 그랬다. 아직도 이 글을 내가 쓰는 것이 맞는지를 묻는 질문이 밤마다 찾아와 주위를 맴돈다.

병과 함께 인생의 대부분을 살아왔지만 나보다 더 큰 아픔을 겪은 사람에게 내가 겪은 아픔은 진혀 고통이 아닌 것으로 보일까 무섭다. 아직도 괴로움에 짓눌려 있는 사람에게 나의 지금이 부러움일까 걱정을 떨칠 수가 없다. 나의 삶이 누군가에게는 바람이고 소망일까 봐 두렵다. 저 정도만 되어도 좋겠다, 할까 봐.

글자 하나 부호 하나 써 내려갈 때마다 조심스러웠다. 누군가에게 위로가 되고 싶어 쓴 글이 혹여나 상처가 된다면 이제까지 써온 모든 글을 쓰레기통에 구겨 넣고 싶을 것이다. 아니, 그런 글을 쓴 나 자신이 구겨지고 싶을 것이 분명했다.

그럴 때마다 눈을 감고 '어린 나'를 떠올렸다. 병을 처음 접했던 나. 아무것도 보이지 않는 어둠 속에서 덩그러니 혼자 서 있던 나. 병을 대하는 방법도, 고통을 마주한다는 것이 어떤 의미인지도 몰랐던 나를.

그래서 썼다. '어린 나'에게, '병을 처음 겪는 여린 당신'에게 괜찮다고 말하고 싶어서. 뻔하디 뻔한, 누구나 할 수 있는, 일상에서 쉽게 주고받는 말이지만 적어도 오랫동안 겪어온 사람이, 남들보다 조금은 더 일찍 겪은 사람이 그 말을 건넨다면 한 톨이라도 위안이 될 수 있지 않을까 싶었다.

자가면역질환은 만성질환이다. 마치 피니시 라인이 보이지 않는 마라톤 같다. 남들만큼, 남들과 다르지 않게, 그저 평범하게라도 인생을 꾸리고 싶어 꾸역꾸역 걷는다. 어느 날은 달리고, 어느 날은 걷고, 어느 날은 기어가고, 어느 날은 한 발자국도 앞으로 나아가지 못한 채 멈춰 있기도 한다. '완치'라는 것에 닿을 수 없지만 그래도 매일을 산다. 얼마나 많은 의지가 필요한 일인지 안다.

물을 건네고 싶었다. 주저앉는다면 일으켜 세워주고 싶었다. 잘 버티고 있다고 말해주고 싶었다. 가끔은 옆에서 같이 뛰어 주는 페이스 메이커도 되어주고 싶었다. 그런 마음으로 썼다. 모든 글자에 당신을 헤아리고 싶은 나를 담았다.

부디 위로였기를. 상처가 아니었기를.

2024년을 시작하는 겨울
오지영

아픔이 내가 된다는 것

오지영 지음

초판 1쇄 발행 2024년 2월 8일

발행, 편집 파이퍼 프레스
디자인 위앤드

파이퍼
서울시 중구 청계천로 40, 13층
전화 070-7500-6563
이메일 team@piper.so

논픽션 플랫폼 파이퍼
piper.so

ISBN 979-11-985935-1-1 04810